D1722060

Peter Morgenroth
Das Glücksfelsenhaus

Die Deutsche Bibliothek - CIP-Einheitsaufnahme

Morgenroth, Peter:
Das Glücksfelsenhaus: Geschichten vom Streiten und
Liebhaben / Peter Morgenroth. - 1. Aufl. -
Düsseldorf: Patmos, 1996
ISBN 3-491-79467-6

© 1996 Patmos Verlag Düsseldorf
Alle Rechte vorbehalten
1. Auflage 1996
Illustrationen: Heribert Schulmeyer
Umschlaglitho: Brockhaus, Wuppertal
Innenlitho: RCL, Düsseldorf
Druck und Verarbeitung: Ebner, Ulm
ISBN 3-491-79467-6

Peter Morgenroth

Das Glücksfelsenhaus

Geschichten vom Streiten und Liebhaben

Mit Bildern von Heribert Schulmeyer

Patmos

Inhalt

Ich mag Elsa sehr
Ein Vorwort

Ich mag Elsa sehr. Elsa ist fünf. Und ihr Bruder ist sieben. Den mag ich auch. Martin heißt er.

Wir haben zusammen gespielt und getobt und gelacht. Im Sommer ist Martin mit mir auf die Bäume geklettert. Hat mir Vögel gezeigt. Da kennt er sich aus. Auf den Herbstwiesen sind wir lange gestanden, und Elsa hat mir erlaubt, ihren Drachen zu steuern. Wir haben die schönsten Kastanien zusammen gesammelt. Wie die glänzten! Ich hatte es schon ganz vergessen. Hätte ich Martin und Elsa doch früher getroffen! Sie haben mir so vieles wieder gezeigt.

Manchmal habe ich gestaunt, wie pfiffig und schlau die zwei sind. Wenn sie mir von ihren Freunden und Feinden erzählten, von der Krankenhaus-Heidi, von ihren Eltern, der steinalten Ura. Und von sich selbst.

Und manchmal habe ich die beiden auch bewundert: Martin und Elsa wissen nämlich schon ziemlich genau, worauf's ankommt im Leben, um glücklich zu sein.

Fromm sind sie nicht. Nicht frömmer als andere Kinder. Und dennoch! Sie stoßen immer wieder auf Themen der Bergpredigt, ganz selbstverständ-

lich. Und so sind es Geschichten um die Bergpredigt geworden, die ich von Martin und Elsa
erzähle: Geschichten ums Glück, um ein wohn-
liches Leben, um ein Glücksfelsenhaus.

Es sind Bettkanten-Geschichten. Fürs Betthupferl
im Bayerischen Rundfunk habe ich sie aufge-
schrieben. Für den Kindergarten. Und zum Vorlesen daheim, wenn man ein Kind zu Bett bringt
und miteinander noch ein wenig plaudern will
über den Tag, über Elsa und Martin, über sich
selbst.

Wer neugierig ist und immer wieder auf den letzten Seiten in diesem Buch nachschlägt, wird verstehen, warum ich meine, daß es Geschichten um
die Bergpredigt sind.

Starnberg, 1996
Peter Morgenroth

Splitter und Balken

Der Pfad ist kaum noch zu sehen. Er versteckt sich zwischen knorzigen Wurzeln und unter rostbraunem Laub. Wo geht's denn weiter? Martin muß suchen.

»Da lang«, ruft Elsa. Sie hat den Weg wiedergefunden und rennt voraus. Aber schon wieder verliert sich der Pfad im Gebüsch.

Ein Ausflug zu dritt. Einmal läuft Martin voraus, dann wieder Elsa. Sie suchen den Weg. Hinter ihnen der Vater. Er hat's nicht so eilig. Er trägt den Rucksack.

Martin ist als erster am Bach. Sanft murmelt das Wasser, gurgelt zwischen den Steinen, dreht sich, fließt weiter. Hier ist es schön. Hier wollen sie bleiben.

Ausruhen? Nein! Sie sind doch nicht müde! Martin und Elsa stapfen barfuß im Wasser herum. Sie holen sich Steine heraus. Kühl liegen sie auf der Hand. Und jeder Stein hat ein anderes Gesicht: dunkle Flecken und Adern und Streifen. Rundgeschliffen vom Wasser sind alle.

Elsa läßt einen Steinbrocken in den Bach zurückplumpsen. Direkt neben Martin. Das spritzt ordentlich, und Martin wird naß. »Oh, Verzeihung!« sagt Elsa und grinst.

Da spritzt Martin zurück. Elsa kreischt. Auch sie spritzt zurück. Martin kreischt. Und die schönste Wasserschlacht ist im Gang. Jetzt werden beide von Kopf bis Fuß naß.

»Schau, was der Martin gemacht hat!« Elsa beschwert sich beim Vater. Sie weiß nicht, ob sie lachen soll oder weinen. »Alte Petze«, schreit Martin dazwischen. »Hast mich ja auch angespritzt!«

»Gar nicht wahr!« schimpft Elsa zurück. »War ja nur ganz wenig.«

»Hört doch auf!« sagt der Vater. »Und du, Elsa, packst dich am besten an deiner eigenen Nase. Du hast genauso herumgespritzt. Also beschwer dich jetzt nicht über den Martin! Zieh dein T-Shirt aus und leg's in die Sonne zum Trocknen.«

10

Und dann bauen sie einen Staudamm zusammen. Die ganz dicken Steine schleppt der Vater. Ein Stein nach dem andern plumpst ins Wasser. »Achtung! Jetzt!« Das rumpelt und spritzt, und auch der Vater wird naß. Wenn ein Schwall kalten Wassers ihn trifft, schreit auch er und schimpft und lacht, und die Kinder lachen mit.

Langsam staut sich das Wasser. Martin und Elsa stopfen kleinere Steine zwischen die großen Brocken. Sie vergessen die Zeit, bis der Hunger sich meldet.

Der Vater schneidet Scheiben vom Brot-Laib, dick und krumm. Butter darauf, und ein paar Streifen Käse dazu in die Hand. Sie sitzen in der Sonne am Ufer und essen.

Es riecht nach Wasser und Moos. Still stehen die Bäume. Mücken tanzen im Licht hin und her. Eine Libelle schwirrt vorbei, bleibt stehen in der Luft, saust plötzlich weiter. Ja, schön ist es hier.

Wo ist denn diese Libelle geblieben? Elsa sieht sie nicht mehr. Sie nimmt das Fernglas und sucht damit das Bachufer ab. Durchs Fernglas wirken die Steine im Bach wie große Felsen. Wie ein Wald steht der Farn am Ufer. Und Martins großer Zeh sieht durchs Fernglas aus wie eine dicke Wurst. Elsa grinst. Dann dreht sie das Fernglas um und schaut von der anderen Seite durch. Nun sieht alles ganz klein aus. Der Farn wirkt klein wie

Gras, die Steine im Bach sind nur noch Murmeln, und Martins Zeh ist ein Winzling, kaum zu sehen.

»So ist es übrigens auch, wenn ihr euch streitet«, sagt der Vater. »Wenn der Martin *dich* vollspritzt, dann ist das eine riesige Gemeinheit. Wenn *du* aber den *Martin* vollspritzt, dann ist das doch nur eine winzige Abkühlung.«

»Aber der hat wirklich viel mehr gespritzt als ich!«

»Gar nicht wahr!« Schon wieder geht's los zwischen Elsa und Martin.

»So ist das immer«, sagt lachend der Vater. »Was andere tun, erscheint groß. Was man selbst tut, kommt einem klein vor. Den Splitter im Auge von anderen sieht man leicht. Und übersieht dabei den Balken im eigenen Auge. Denkt doch großzügig voneinander. Es macht wirklich mehr Spaß!«

Wenn du satt werden willst

In Martins Zimmer sieht es wüst aus. Kaum hat die Mutter aufgeräumt, liegt schon wieder alles am Boden herum: Bausteine, Stifte, Murmeln, Autos und Bücher, alles wild durcheinander. Und was soll eigentlich diese Seilbahn, quer durch Martins Zimmer, vom Bett zum Regal? »Man kann sich ja kaum noch bewegen!« sagt die Mutter.

»Eben«, meint Martin. »Mein Zimmer ist einfach zu klein!«

»Dein Zimmer – zu klein?« Der Mutter bleibt der Mund offen stehen. »Aufräumen mußt du, dann ist Platz genug!«

Aber Martin ist anderer Meinung. Er findet Aufräumen blöd. Warum soll immer alles in Schubladen und Kästen verschwinden? »Wenn ich dann spielen will, kann ich anfangen zu suchen.« Nein, Martin bleibt dabei: Er braucht mehr Platz.

»Stell dir vor«, sagt die Mutter abends zum Vater, kaum kommt er zur Tür herein. »Stell dir vor, wir werden umziehen müssen. Martin braucht ein größeres Zimmer!«

»Umziehen?« Der Vater schaut gar nicht begeistert. »Was! Umziehen?« sagt auch Elsa. »Kommt gar nicht in Frage. Ich komm' nicht mit!« Sie ist entsetzt. Elsa liebt dieses Haus, den Garten, die

13

Wiese, den nahen Wald und den Spielplatz am Fluß.

»So ein Quatsch!« sagt nun Martin beleidigt. »Von Umziehen hab' ich gar nichts gesagt.« Er will doch nur ein größeres Zimmer. Nicht mal sein Schiff paßt mehr rein! »Willst du's mal sehen?« fragt er den Vater.

Martin hat einen großen Karton zum Schiff umgebaut: eine Kette, ein Anker, runde Fenster und ein Mast für das Segel. Martins Schiff steht mitten im Zimmer.

»Wirklich sehr eng!« meint der Vater. Auf Zehenspitzen tastet er sich zwischen den Spielsachen durch. Martin hat kleinere Füße. Er findet leichter ein Fleckchen, wo er hintreten kann.

»Willst du mal fahren?« fragt der Vater. Und schon sitzt Martin im Schiff. Der Vater schiebt an, und da pflügt sich das Schiff durch all das, was am Boden herumliegt, hinaus auf den Flur. Jetzt kommen Wellen. Martin schleudert's im Schiff hin und her. Er schreit und er lacht. Und da will auch Elsa mitfahren.

Das Schiff rollt und stampft. Sie fahren von einem Zimmer zum nächsten, dann im Kreis, immer im Kreis. Elsa wird's schwindlig. Wild treibt's der Vater. Er ist selbst schon ganz außer Atem.

»Endstation!« ruft er schließlich. Das Schiff hält wieder vor Martins Bett. »Alles aussteigen, bitte!«

»Jetzt schaut euch das an!« Der Vater klingt richtig empört. »Was da alles im Wasser herumschwimmt! Bausteine, Stifte und Murmeln! So eine unverschämte Meeresverschmutzung! Dagegen muß man was tun! Kommt, wir fischen das raus!«

Zu dritt räumen sie auf. Alles landet in Kisten und Kästen. Nichts kommt in den Abfall, weil Martin behauptet, daß er alles noch braucht. Und als die Mutter die drei zum Abendessen holt, sind sie schon fertig. »Habt ihr gezaubert?« fragt sie und staunt.

Martin stürzt schon zum Eßtisch. Aufräumen macht nämlich hungrig. Und eine Seefahrt erst recht. Er langt kräftig zu. Er verputzt ein Käsebrot, dann ein Wurstbrot, drei Senfgurken fischt er sich aus dem Glas, dann ißt er ein paar Scheiben Wurst ohne Brot. Ach ja, vielleicht noch ein Becher mit Pudding? Er will mehr und immer noch mehr.

Die Mutter zwinkert ihm zu. »Dir geht's heute wohl gut!« sagt sie. »Ein gutes Essen, ein aufgeräumtes Zimmer, ein Ausflug im Schiff, und so eine nette Mutter, wie ich … Was willst du mehr!«

»Oh, Oh«, protestiert der Vater. »Du meinst wohl: ein netter Vater.«

»Eigenlob!« schreit Elsa dazwischen. »Eigenlob stinkt!«

Und Martin merkt jetzt, daß er rundherum satt ist.

16

Satt vom Essen, satt vom Spielen, satt vom Aufräumen, satt vom ganzen Tag. Sehr satt sogar. Er fühlt sich wohl. Und er ahnt, daß zum Sattsein mehr gehört als nur Essen. Weil kein Mensch von Brot allein lebt.

Elsa braucht keine Krallen

Ein Schmetterling schwebt auf und ab durch Elsas Garten. Und hinter ihm springt eine fremde Katze her und will ihn fangen. Immer wieder hüpft sie in die Luft und schnappt nach diesem Schmetterling.

Doch sie erwischt ihn nicht.

Da plötzlich sieht sie Elsa und bleibt stehen. Sie tut ganz würdevoll und kommt auf Elsa zugeschritten. »Ach, ist diese Katze süß!« Ganz schwarz mit weißen Pfoten. Elsa ist sofort in sie verliebt und nennt sie Monsch.

»Wo kommst du her, du kleine Monsch? Komm, laß dich streicheln!« Elsa bückt sich zu dem Kätzchen. Doch das weicht aus und geht zur Seite, als Elsa ihre Hand ausstreckt.

»Warum hast du denn Angst vor mir? Ich tu' dir nichts!« sagt Elsa.

»Was! Ich und Angst!« Die Katze dehnt sich, macht einen Buckel, streckt sich. Und dabei zeigt sie ihre scharfen Krallen. Nein, sie hat keine Angst. Vor nichts und niemand hat sie Angst!

Dann springt sie elegant auf einen Gartenstuhl. Sie läßt sich darauf nieder und gähnt Elsa an. Die soll wohl ihre spitzen Raubtierzähne sehen. Gefährlich sieht das aus! Das heißt: »Komm ja nicht näher, und laß mich in Ruh!« Monsch macht die Augen zu. Nur ihre Ohren spielen wachsam hin und her. Monsch ruht und lauscht. Sie genießt die warme Sonne.

Da plötzlich schreckt die Katze hoch, saust wie der Blitz davon und bringt sich unterm Gartentisch in Sicherheit. Was hat sie so erschreckt? Doch nicht die kleine Amsel, die an ihr vorbeigeflogen ist? Die Katze flieht vor einer Amsel! Das sieht so komisch aus, daß Elsas Mutter, die gerade Rosen schneidet, lachen muß. »Na so ein Held!« sagt sie. »Die hat sogar vor einem Vogel Angst!«

Das hätte sie nicht sagen sollen! Monsch ist beleidigt. Monsch dreht sich um und zeigt ihr Hinterteil. Auch Elsa schaut die Mutter strafend an. »Wie kann man nur!« heißt dieser Blick.

»Hör nicht auf sie«, sagt Elsa zu der Katze. »Ist doch nicht schlimm, wenn man erschrickt und Angst hat!« Elsa will das Kätzchen trösten. Sie macht sich klein und kriecht zu Monsch unter den Gartentisch. »Ich hab' auch manchmal Angst und lauf' dann weg«, sagt sie.

»Ja du!« meint Monsch. »Du bist ja auch ein Mensch. Du mußt nicht jagen, kratzen, krallen, fauchen, beißen, töten, so wie unsereiner. Bei dir macht's gar nichts aus, wenn du mal Angst hast und davonläufst. Ich aber bin ein Raubtier. Ich darf nicht ängstlich sein. Vor einem Vogel fliehen

– ganz unmöglich! Wenn das die andern hören, muß ich mich ja schämen!«

»Na wenn schon!« meint da Elsa. »Ich sag's auch keinem weiter. Darf ich dich jetzt ein bißchen kraulen?«

Ja, jetzt darf sie. Elsa streichelt lange diese fremde, schwarze Katze. Am Hals, am Rücken und am Bauch. Und Monsch schnurrt vor Vergnügen. Jetzt zeigt sie ihre Krallen nicht. Sie ist ganz sanft und zärtlich. Monsch hat samtweiche Pfoten.

Wer hätte das gedacht!

Am Abend – längst ist das Kätzchen wieder weg –, am Abend klettert Elsa ihrer Mutter auf den Schoß, umarmt sie fest und sagt: »Kraul mich ein bißchen!« Im Nacken hat sie's gern, am Haaransatz, am Rücken. Und wenn sie schnurren könnte vor Vergnügen, würde sie jetzt schnurren wie die Monsch. Und außerdem hätte sie am liebsten auch so weiche, sanfte Katzenpfoten, wie Monsch sie hat.

»Aber, Elsa, du bist doch keine Katze!« sagt die Mutter.

»Eben! Ich bin ein Mensch«, sagt Elsa stolz. »Ich bin ein Mensch und brauche keine Krallen.«

Und dann erzählt sie der Mutter, daß sie nicht schlagen muß und kratzen muß und beißen muß und ganz wild tun, wenn sie mal Angst hat. »Das tun nur Tiere«, sagt Elsa. »Sanft sein und streicheln ist viel schöner.«

Die Waldausstellung

Martin wollte schon immer einen Hund. Und Elsa wünscht sich jetzt dringend eine schwarze Katze. So eine hübsche, kleine wie die Monsch. Aber es hilft alles nicht. Die Eltern haben zwar nichts gegen Tiere, sagen sie. Aber eine Katze und ein Hund – im eigenen Haus? Kommt nicht in Frage! Da nützt kein Bitten und kein Betteln.

Doch Elsa gibt nicht auf. Jeden Abend, wenn sie schlafen geht, beschwert sie sich beim lieben Gott. Sie sagt ihm, daß sie jetzt endlich eine Katze haben will. »Bitte, bitte, lieber Gott! Ein kohlrabenschwarzes Kätzchen! Und ich verspreche dir auch, daß ich's besonders lieb hab'.« Aber der liebe Gott mischt sich nicht ein. Es bleibt dabei: kein Hund und keine Katze.

Dann wünscht sich Elsa eben einen Hamster und Martin eine Maus.

»Eine Maus ist doch so klein«, sagt Martin zu den Eltern. »Die stört bestimmt nicht. Die bellt nicht, und die muß auch keiner Gassi führen.«

»Und ein Hamster, der würde im Haus gar nicht auffallen«, sagt Elsa. »Ein Hamster rennt schließlich nicht überall herum wie eine Katze. Der ist viel pflegeleichter. Also bitte, ein Hamster!«

»Na, ja. Ein Hamster, eine Maus. Darüber läßt sich

eher reden«, sagt der Vater, und sofort jubeln die Kinder. »Aber wenn ihr die Tiere wirklich haben wollt, dann kauft sie euch von eurem eigenen Geld. Und die Käfige – die kauft ihr auch.«

Da ist der Jubel nicht mehr ganz so groß. Martin und Elsa haben sechs Mark neununddreißig, wenn sie zusammenlegen. Das ist der Rest vom Taschengeld. Das reicht nicht weit. Sie brauchen also erst mal Geld.

»Wir könnten einen Zoo aufmachen«, sagt Martin. »Einen Maus-und-Hamster-Streichel-Zoo. So was gab's noch nie. Das ist *die* Sensation. Und jeder, der unsere Tiere sehen will, muß Eintritt zahlen.«

»Tolle Idee«, meint Elsa. »Und einmal Streicheln kostet extra. Dann sind wir ganz schnell reich.«

»Toll«, sagen auch die anderen Kinder aus der Siedlung. »Aber es müßte mehr zu sehen sein«, meint Stefan, »mehr als der Hamster und die Maus.«

»Genau!« sagt Jana. »Wir könnten Schnecken sammeln. Oder Kröten. Oder Spinnen.« Sie ist von ihrem Vorschlag ganz begeistert. Die anderen Kinder nicht. »Pfui Spinne!« sagen sie, und Elsa meint, sie würde lieber Pflanzen sammeln als glibberige Schnecken. Einfach Pflanzen aus dem Wald, die kaum einer kennt.

Und dabei bleibt's: Die Kinder wollen einen Streichelzoo mit Waldausstellung gründen.

Martin und Elsa können dafür die Garage ihrer Eltern haben. Die steht sowieso leer.

Und schon am nächsten Tag geht's los. Die Kinder holen ihre Schätze aus dem Wald. Schätze, von denen die Eltern nichts ahnen. Sie holen weiße Knochen, die der Dachs vor seinem Bau zurechtgenagt hat. Und bunte Federn von den Spechten. Sie holen Pilze. Und sie sammeln Gräser, Blumen und Laub, Moos und vermodertes Holz. In der Garage sieht's bald aus wie im Wald. Eine richtige Waldausstellung wird das, mit Hamster und mit Maus.

Ja wirklich, mit Hamster und mit Maus. Martin und Elsa haben sich von ihren Eltern Geld gelie-

hen. Sie sind damit in eine Zoohandlung gegangen. Martin hat sich die Mäuse zeigen lassen, Elsa die Hamster. »Schau mal! Ist der nicht putzig? Den will ich haben!« Der Wunsch geht in Erfüllung: Elsa kauft sich ihren Hamster, Martin seine Maus. Und die Waldausstellung kann beginnen.
Stefan hat zur Eröffnung Plakate geschrieben. Auf denen steht:

Waldausstellung!
Geöffnet zweimal die Woche
Mit lebendigen Tieren
Eintritt zwei Mark
Kinder umsonst
Herzlich willkommen!

»Eine Waldausstellung?« sagen die Nachbarn. »Was ist das denn? Die muß man sich anschauen!« Und sie kommen alle und zahlen Eintritt. Jeder zwei Mark. Martin sitzt an der Kasse. Elsa führt die Besucher in der Garage herum und erklärt ihnen die Geheimnisse des Waldes. Auch ihr Vater ist da. Und er ist stolz auf seine Kinder. Weil sie nicht lockergelassen haben und so erfinderisch sind.
Aber was ist das? Da hängt ein Schild, auf dem steht »Waldmaus«. In diesem Käfig, das soll eine Waldmaus sein? So edel mit hellbraunem Fell? Der Vater wundert sich sehr!

»Sieht aus wie eine afrikanische Wüstenspring-
maus!« brummt er vor sich hin. »Was es in unse-
ren Wäldern alles gibt!«

Am Ausgang legt er zehn Mark extra in die Kasse.
Da werden Maus und Hamster bald abbezahlt
sein.

»Siehst du!« sagt Elsa abends glücklich zur Mutter:
»Hat doch genützt, daß ich gebetet habe!«

»Natürlich«, sagt die Mutter und zieht die Vorhän-
ge zu. »Beten hilft immer.«

Hilft Beten immer? Elsa überlegt.

»Hast du doch gemerkt!« Die Mutter setzt sich zu
Elsa ans Bett. »Du hast einen Wunsch. Du betest
dafür. Du gibst nicht auf. Betest immer wieder.
Und plötzlich hast du die Idee. Dein Wunsch geht
in Erfüllung. Und dein Gebet hat sich gelohnt.«

Elsas Eier-Sammel-Maschine

Manchmal soll Elsa Milch holen. Und zwar direkt aus dem Kuhstall, drei Straßen weiter. Das macht sie gern. Weil der Stall so geheimnisvoll ist. Warm und dampfig. Voll Leben. Und auch, weil sie die alte Kathi-Bäuerin mag. Die hat so lustige Augen. Und starke Arme! Und ganz weiße Haare unter dem Kopftuch.

»Heute mußt du noch warten«, sagt Kathi. »Ich muß erst melken!« Sie nimmt einen Hocker. Setzt sich darauf, halb unter die Kuh. Greift zum Euter. Wischt die Zitzen ab. Und drückt und zieht daran. Ein dünner Milchstrahl spritzt heraus. Zuerst auf den Boden. Dann in den Milcheimer, den sich Kathi zwischen die Beine geklemmt hat. Links, rechts, links, rechts. Immer abwechselnd zieht sie. Das sieht so leicht aus. Aber Melken strengt an. Immer wieder wischt sich die Bäuerin mit dem Ärmel über die Stirn. Sechs-, siebenmal, bis der Eimer voll ist. Kathi stöhnt, als sie ihn wegträgt.

»So schwer!« sagt sie.

»Und warum läßt du dir keine Milchleitung bauen?« Elsa hat eine prima Idee. Eine Leitung vom Stall in die Küche. »Wär' doch praktisch«, meint Elsa. »Direkt in den Kühlschrank. Dann müßtest du keinen Milcheimer tragen!«

Kathi lacht nur und geht zu den Legekästen der Hühner. Das sind kleine Kästchen an der Stallwand. Und in jedem Kästchen ein Nest.

»So eine Milchleitung wäre schon praktisch«, sagt Kathi. Sie reckt sich und tastet Nest für Nest ab, schaut nach, ob ein Ei darin liegt. Auch das macht ihr Mühe. Ihr Rücken ist alt.

»Praktisch schon. Aber ich kann mir ja nicht mal eine Melkmaschine leisten«, sagt sie. Ein Ei nach dem andern sammelt sie in ihre Schürze.

»Und warum baust du dir keine Eierholmaschine?« Elsa hat schon die nächste Idee. »Du könntest doch unter jedes Nest einen Trichter bauen. Und wenn ein Huhn ein Ei gelegt hat, dann fällt es in den Trichter, und von da aus rutscht es durch einen Schlauch. Und dann in einen Korb.« Elsa fände das toll! »Dann könntest du die Eier ganz bequem aus dem Korb herausnehmen, und du müßtest dich nicht mehr so strecken!«

Eine Eierholmaschine! Kathi ist nicht sehr begeistert von dieser Erfindung. »Du machst dir ja mächtig viel Sorgen um meinen Stall!« meint sie nur, als sie das letzte Ei eingesammelt hat.

»Nein. Um *dich* mach ich mir Sorgen«, sagt Elsa leise.

»Um mich?« Kathi macht die Stallarbeit weiter. Sie mistet aus. Schaufelt den Kuhmist in eine Schubkarre und fährt ihn hinaus.

Es ist ja so schön in dem Stall! Manchmal grunzt ein Schwein und quetscht seine rosa Schnauze zwischen den Stallbrettern durch. Kathis einzige Kuh kaut vor sich hin. Schwalben schwirren hin und her und segeln zu ihren Nestern unter dem Dach. Elsa ist glücklich.

Eine Eierholmaschine wäre gut. Und wie wär's mit einer Kloleitung? Direkt von den Kühen zum Misthaufen! Dann hätte es Kathi auch mit dem Ausmisten leichter.

»Du machst dir Sorgen um *mich*!« sagt Kathi. Sie setzt sich mit Elsa auf die Bank vor dem Stall. »Ich mache mir keine! Schau doch die Vögel an unter dem Himmel, die Schwalben im Stall. Die säen nicht, die ernten nicht, die mühen sich nicht ab. Und sie leben doch. Sie haben genug. Unser himmlischer Vater nährt sie. Und ich bin doch wohl mehr als ein Vogel. Für mich sorgt er auch. Was soll ich mich sorgen?«

Kathi hält Elsa die Hand hin. Sie hat ganz dicke Adern.

»Schau, ich bin alt. Und ich hab' Schmerzen. Jeder Schritt tut mir weh. Aber soll ich mich deswegen sorgen? Die Tiere im Stall sorgen sich nicht. Die Blumen auf der Wiese sorgen sich nicht. Und sie sind schöner, als ein Mensch es sich ausdenken kann. Wenn Gott für die Blumen gesorgt hat, wird er das auch für mich tun. Ich glaube, er weiß, was ich brauche. Er weiß es genau.«

»Und jetzt, Elsa, nimmst du deine Milchkanne und gehst heim. Es wird schon gleich dunkel. Und mach' dir keine Sorgen um mich.«

Das Glücksfelsenhaus

Elsa ist so gern auf ihrer Himbeerlichtung. Am Rand ein Jägersteig, an eine Tanne hingelehnt. Und ringsherum ein Teppich dunkelgoldner Tannennadeln. Moosflecken. Reisig. Licht spielt auf dem Boden, tanzt in hellen Flecken hin und her. Und wie es riecht! Nach Harz und Honig. So duftet nur ein Sonnenwald.

Die Mutter kämpft sich durch die Himbeerranken und pflückt und pflückt. Elsa sammelt derweil lieber Tannenzapfen und baut ein kleines Haus daraus. Um ihr Haus legt sie samtweiches Moos. Das ist der Garten. Und in diesem Garten wachsen Bäume. Elsa steckt Tannenzweige in den lockeren Boden. Schön sieht das aus. Ein Zaun fehlt noch.

Ab und zu kommt Elsas Mutter her, leert ihren vollen Himbeerbecher in den Eimer. Und da sagt Elsa, daß sie hier einmal ein Haus bauen wird, wenn sie mal groß ist. Genau hier, auf der Himbeerlichtung.

»Ein Haus – mitten im Wald? Dann bist du aber ganz allein.«

»Wieso allein?« fragt Elsa ganz erstaunt. »Du kannst ja bei mir wohnen. Und der Papi natürlich auch. Den heirate ich sowieso.«

»Nein, nein«, die Mutter lächelt. »Den geb' ich dir nicht her! Wo ist denn Martin eigentlich?«

Martin hat sich's auf dem Jägersteig bequem
gemacht. Er spielt da oben irgendwas. Man hört
nicht viel von ihm. Da plötzlich hört Elsa diesen
Ton: Es summt ganz laut im Wald. Woher das
kommen mag? Das müssen Fliegen sein. Unend-
lich viele Fliegen. Oder Bienen? Immer der gleiche Ton. Der Wald, er singt sein Sommerlied.
»Dann heirate ich eben einen Prinzen«, sagt Elsa.
»Einen Prinzen! Was hast du denn davon?« will
die Mutter wissen.

»Dann hab' ich ganz viel Geld und kauf' den ganzen Wald.«

»Und ich kann immer für dich Himbeeren pflücken!« Die Mutter lacht. Sie hält Elsa eine Handvoll Himmbeeren hin. »Magst du mal kosten?« Elsa mag. Weich sind die Beeren, saftig-süß und von der Sonne warm.

»Du mußt wissen«, sagt die Mutter, »daß Geld allein nicht glücklich macht. Dein Glück kannst du nicht kaufen. Das Glück muß in dir wohnen.« Die Mutter tippt mit ihrem duftend-roten Pflücke-Zeigefinger auf Elsas nackte Brust.

»Da drin, da wohnt das Glück. Und manchmal kribbelt's dir im Bauch. Es schmerzt dich in der Brust. Es rieselt wohlig über deine Haut. Und manchmal steigt es dir zu Kopf.«

Elsa sagt nichts darauf. Sie schaut nur ihre Mutter an. Das Kribbeln im Bauch, ja, Elsa spürt es.

Und wieder pflückt die Mutter weiter. Gedanken kommen dabei angeflogen. »Bald sind die Kinder groß«, denkt sie. »Dann kann ich nur noch wenig für sie tun. Wenn sie nur glücklich werden!«

Das Glück, das müßte wie ein Haus sein. Ein Haus mit einem starken Fundament. Ein Haus, auf Fels gebaut. Und wenn dann schlimme Zeiten kommen, Stürme, Regen, Wind, dann steht es fest, das Glück. Kein Sturm kann daran rütteln.

Es wird nicht weggespült. Es stürzt nicht ein. »Wenn nur die Kinder glücklich werden!«

Solche Gedanken sind in Mutters Kopf. »Aufs Fundament kommt's an«, denkt sie. »Ein starkes Fundament.« Und sie erinnert sich, daß Jesus einmal sagte: »Wer mir vertraut, der hat sein Glück auf Fels gebaut und nicht in den Sand gesetzt. Wer mein Wort hört und danach lebt, der hat ein Fundament fürs Leben.« Ob sie das Elsa einmal sagen soll? Ob Elsa das versteht?

Und wieder ist ein Becher voll geworden. Die Mutter geht zurück zum Jägersteig. Es ist fast windstill auf der Lichtung. Ganz leise und kaum merklich wiegen sich die Bäume hin und her. Die Kiefernstämme haben Sommersprossen. Martin und Elsa spielen miteinander. Was für ein glücklicher Tag!

Die Ura vergißt immer alles

Immer diese blöden Besuche bei der Ura! Elsa würde viel lieber daheim bleiben und spielen, als die Urgroßmutter zu besuchen. Aber »wer weiß, wie lange sie noch lebt«, sagt der Vater. »Mit 84! Mach ihr halt die Freude und komm mit!«
Die Ura freut sich wirklich. »Hab' schon gewartet«, sagt sie. Dann muß der Vater sich herunterbeugen, damit die Ura ihn begrüßen kann – mit einem Kuß. Elsa gibt ihr nur die Hand. Sie mag die Ura nicht küssen. Weil sie so seltsam riecht.
»Wer bist denn du, mein Kleiner?« fragt die Ura.
»Ich bin kein Kleiner!« Elsa protestiert. »Ich bin schon groß. Und außerdem bin ich ein Mädchen!«
»Ich weiß!« Die Ura lacht. »Ich mach' ja auch nur Spaß.«
Aber es ist nicht zum Lachen. Warum kann sich die Ura nichts mehr merken? Nicht einmal mehr Elsas Namen. Alles vergißt sie. Der Vater sagt immer, daß sie in ein Heim gehört. In ein Heim für alte Leute. Aber davon will die Ura nichts wissen. Sie meint, da geht sie ein. »Ich komm' allein zurecht!« sagt sie. »Und damit basta!«
Sie kommt zurecht, weil Elsas Vater jede Woche einmal für sie einkauft. So auch heute. Er räumt zwölf Yoghurts in den Kühlschrank für die näch-

sten Tage. Dann stopft er Uras Wäsche in die Waschmaschine und räumt die Wohnung auf. Elsa darf derweil den Teppich saugen. Bis die Ura feststellt, daß sie spazierengehen will.

Langsam geht die Ura. Nur manchmal macht sie einen großen Schritt und sagt dabei: »Dich laß ich leben. Dich auch!«

»Warum sagst du das immer?« will Elsa wissen. Sie führt die Ura an der Hand. »Weil da Käfer krabbeln. Ich will doch auch nicht, daß mir jemand auf dem Kopf rumtrampelt!« Das findet Elsa sehr vernünftig und muß lachen. Und auch die Ura lacht. Der Vater lächelt vor sich hin.

»Bist du eigentlich zufrieden, daß ich noch lebe?« fragt ihn die Ura, und sie schaut dabei zum Himmel, weil sie ein Flugzeug hört.

»Na klar!« meint da der Vater. »Ich freu' mich doch, daß du noch lebst.«

»Ich auch«, sagt die Ura. »Bist du schon mal mit einem Flugzeug gefahren?«

»Ja, bin ich. Aber mit einem Flugzeug *fährt* man nicht. Man *fliegt*«, antwortet der Vater.

»So ein Blödsinn!« Die Ura ist entrüstet. »Fliegen können doch nur Vögel. Die haben Flügel. Ein Flugzeug ist doch nur eine Maschine. Und Maschinen haben keine Flügel. Und die können nicht fliegen. Die fahren. Die fahren am Himmel.«

»Ich bin noch nie geflogen«, sagt die Ura weiter. »Nur hingeflogen.«

Sie kichert.

»Deine Ura macht Quatsch!« sagt sie zu Elsa. »Die muß immer lachen, wenn ihr mich besucht. Wenn ihr wieder weg seid, hab' ich ja nichts mehr zu lachen.«

Elsa hat diese Quatsch-Ura gern. Beim Abschied gibt sie ihr dann doch noch einen Kuß.

»Komm bald wieder, Bubi«, sagt die Ura.

»Bin kein Bubi! Bin ein Mädchen!« Ach, diese Ura! Vielleicht meint sie Elsas Vater, wenn sie »Bubi« sagt?

Der schüttelt den Kopf, schüttelt immer wieder

den Kopf, bis sie im Auto sitzen. Und bis zur nächsten Kreuzung hat er schon dreimal geseufzt.

»War doch ganz lustig, heute«, meint Elsa.

»Lustig?« Der Vater schaut angestrengt auf die Straße. »Traurig war's! Sie vergißt einfach alles! Und der Arzt sagt, da kann man nichts machen.«

Sie halten an einer roten Ampel.

»Die Ura«, sagt der Vater, »die Ura hat so viel Trauriges erlebt. Schon als Kind. Hat keine Eltern gehabt. Ist hin und her geschubst worden. Hat mal hier gelebt und mal dort, und sie hat überall nur gestört. Es hat sie wohl keiner richtig gern gehabt. Ich glaube, daß die Ura viel leiden mußte. Aber jetzt weiß sie das alles nicht mehr – und vielleicht ist das ihr Glück!«

»So schlimme Sachen würde ich auch schnell vergessen«, denkt sich Elsa. Weil Lachen schöner ist als Leiden.

Die Ampel schaltet auf Grün.

»Sie hat die schlimmen Zeiten einfach vergessen«, sagt der Vater und fährt an. »So hat sie wenigstens einen Trost.«

»Und wir helfen ihr dabei«, sagt Elsa. Sie meint beim Glücklichsein und Trösten. Und sie findet, der Besuch bei der Ura war doch schön.

Wer sitzt auf dem Blinzelstern?

Autofahren bei Nacht, das findet Elsa toll. Wegen der vielen Lichter, die draußen vorbeihuschen: grelle Autoscheinwerfer, gelbe Straßenlaternen, sanftes Licht aus den Fenstern, bunte Reklame. Alles sieht fremd aus. Geheimnisvoll. Glitzernd. Schön ist die Nacht!

Elsa merkt gar nicht, wie müde sie ist. Martin schläft längst neben ihr auf dem Autorücksitz. Die Eltern müssen ihn wecken, als sie endlich zu Hause ankommen. Schlaftrunken tapst er ins Haus. Elsa bleibt draußen. Sie will unbedingt noch die Sterne ansehen.

Was für ein gewaltiger Himmel! Es ist wolkenlos, es glitzert und funkelt. So viele Lichter, da oben! Die einen gelb. Die anderen blaß. Und je länger Elsa hinschaut, desto mehr sieht sie. Der Himmel wirkt hoch. Viel weiter weg als am Tag. Es ist still. Nur ein paar Menschen lachen irgendwo. Von fern bellt ein Hund. Elsa staunt.

»Das da oben«, erklärt der Vater, »das ist der Große Wagen. Siehst du das Sternen-Viereck? Und die drei Sterne vorne als Deichsel. Siehst du sie?«

Na klar sieht Elsa den Großen Wagen. Und auch den Polarstern. Und was der Vater sonst noch

erklärt. Aber *ein* Stern gefällt ihr besonders gut. Der leuchtet mal stärker, mal schwächer. Er blinzelt. Elsa hat das Gefühl, er blinzelt ihr zu.

»Auf dem Stern da oben sitzt Gott«, sagt sie plötzlich. »Auf dem, der so zwinkert. Siehst du den?«

Aber der Vater interessiert sich für Elsas Stern nicht besonders. »Gott sitzt nicht auf einem Stern«, sagt er nur.

»Wieso nicht?« will Elsa wissen.

»Weil Gott kein Mensch ist, der sich irgendwo hinsetzen muß. Und dann schon gar nicht auf einen Stern.«

Aber das sieht Elsa nicht ein.

»Gott kann doch alles«, sagt sie. »Oder nicht?«

»Ja, schon.« Der Vater zögert ein bißchen. Er weiß nicht so recht, worauf Elsa hinaus will. »Ja, im Prinzip kann er alles.«

»Na also«, sagt Elsa, und sie triumphiert: »Wenn Gott alles kann, dann kann er sich auch so winzig klein machen, daß er auf einen Stern paßt. Also auch auf den Blinzelstern da oben. Und warum soll er da jetzt nicht sitzen? Wenn Gott alles kann, kann er das auch.«

Der Vater kann darauf nicht mehr viel sagen und schweigt. So weit weg stellt Elsa sich Gott vor? Auf einem Stern?

Als Elsa ins Bett huscht, kommt der Vater noch kurz in ihr Zimmer. Er will mit ihr reden:

»Du hast doch gesagt, daß Gott sich klein machen kann«, sagt er.

Elsa zögert. Jetzt weiß *sie* nicht, worauf er hinaus will.

»Ja, kann er.« Elsa nickt mit dem Kopf.

»Na also«, sagt diesmal der Vater. »Dann kann er sich auch so winzig klein machen, daß er hier neben dich paßt und ganz nah bei dir ist.«

Elsa schaut den Vater an, schaut im Zimmer herum. »Wo soll Gott denn sein?« sagt sie. »Vielleicht unterm Bett? Hinter dem Vorhang? Im Schrank?« Und Elsa lacht und lacht. Sie ist müde.

»Nein«, sagt der Vater. »Gott ist kein Mensch. Der versteckt sich nicht hinterm Sofa. Und er sitzt auch nicht neben dir, so wie jetzt ich. Aber ich glaube trotzdem, daß Gott ganz nah bei uns ist. Mehr so wie die Luft. Die siehst du ja auch nicht. Und sie ist trotzdem da. Rings um uns.«

So, so, wie Luft soll Gott sein. Meint der Vater das ernst? Elsa schaut ihn groß an. »Vater unser im *Himmel,* beten wir doch«, sagt sie. »Verstehst du? Im *Himmel!*«

»Aber damit«, sagt der Vater, »ist doch nicht der *Wolken*himmel gemeint. Und auch nicht der *Sternen*himmel. Sondern der *Gottes*himmel. Und der kann überall sein. In uns, und um uns, ganz nah und ganz fern.«

»Also auch auf meinem Blinzelstern«, sagt Elsa

42

müde. »Wenn du meinst…«, sagt der Vater. Er streicht Elsa übers Haar. »Behüt' dich Gott. Und schlaf gut.«
Dann löscht er das Licht.

Martin verliert einen Freund

Die Motorsägen jaulen und kreischen. Von weitem hört Martin sie schon, als er vom Spielplatz heimgeht. Er kickt seinen Ball vor sich her und tribbelt an einem Hund vorbei. Der will an ihm schnuppern. Martin weicht aus. Er läuft weiter. Und immer der Lärm von Motorsägen in der Luft. Manchmal leise vor sich hintuckernd, manchmal laut und schrill.

In seiner Straße ist ein Baum gefällt worden. Ein paar Männer sind gerade dabei, ihn zu zerlegen. Das geht ruck-zuck: Äste ab, Stamm klein schneiden, auf den Lastwagen laden, abfahren, fertig. Wo der Baum einmal stand, direkt neben der Straße, bleibt nur ein Baumstumpf.

Da merkt Martin erst, daß das *sein* Baum war. Sie haben den Straßenbaum vor *seinem* Fenster gefällt! Er kann's gar nicht fassen. Er hatte den Baum doch so gern. Und jetzt liegt er da, kurz und klein gesägt. Martin stehen die Tränen in den Augen.

Er rennt nach Hause, klingelt Sturm. Elsa macht auf.

»Warum hat mir keiner was gesagt?!« schreit Martin. »Die können doch meinen Baum nicht einfach fällen!«

»Er soll morsch gewesen sein«, ruft die Mutter aus der Küche. »Ich hab' auch nicht gewußt, daß er weg muß.«

Martin rast hinauf in sein Zimmer, reißt die Tür auf. Das Zimmer ist heller als sonst und plötzlich ganz fremd. Keine Zweige mehr vor dem Fenster. Jetzt sieht man das Haus gegenüber und den Himmel darüber. Martin wirft sich aufs Bett. Er ist traurig und weint.

Der Baum war doch sein Freund. Nachts hat er Schatten in sein Zimmer geworfen und Bilder an die Wand gemalt. Manchmal hat er gerauscht wie das Meer und dabei Geschichten erzählt. Im Herbst sind seine Blätter durchs offene Fenster geflattert. Wundervoll rot und gelb. Und jetzt ist Martins Freund weg.

An dem Abend ist Martin stumm. Er hat keinen Hunger, kann kaum etwas essen. Und einschlafen kann er auch nicht. Er liegt mit offenen Augen im Bett. In seinem Baum haben so viele Vögel ge-wohnt. Wo die jetzt wohl sind?

Martin hat Durst. Er steht noch einmal auf. Barfuß tapst er im Dunkeln zur Küche. Ganz leise. Durch die Wohnzimmertür hört er die Eltern.

»Ich erziehe ihn gar nicht zu weich«, sagt die Mutter gerade. Sie reden anscheinend von ihm. Martin lauscht.

»Das wird er doch wohl verkraften, wenn an der

Straße ein Baum gefällt wird!« sagt der Vater. »Der hat eh zu viel Schatten gemacht.«

Darauf Mutters Stimme: »Daß Martin traurig ist, kannst du wohl gar nicht verstehen?«

»Ach, natürlich!« murmelt der Vater. »Mir tut Martin auch leid. Aber der Baum war nun mal morsch. Und vielleicht wär' er beim nächsten Sturm umgekracht. Das muß Martin doch einsehen können. Überhaupt ist er viel zu empfindlich. Der Martin muß noch hart werden im Nehmen, wenn er im Leben zurechtkommen will.«

»Ich will aber keine harten Kinder!« sagt die Mutter energisch. »Harte Menschen gibt's schon genug. Sei doch froh, wenn er noch weich ist und mitleiden kann.« Pause. »Wer nicht mitleiden kann, kann sich auch nicht mitfreuen. Und was ist das Leben dann wert?« sagt sie. Der Vater schweigt.

Hart oder weich – was geht Martin das an? Er hat genug zugehört. Und er ist immer noch traurig und durstig und müde. Und gleich liegt er wieder im Bett und schläft ein.

Und da steht Martins Baum vor dem Fenster, genauso wie eh und je, und schaut in Martins Zimmer. Der Baum hat ein richtiges Rindengesicht mit knorziger Knubbelnase, mit gütigen Augen und ganz vielen Runzeln. Bart und Haare sind Blätter.

»Komm mit ins Baumland, mein Freund«, sagt der Baum. In Martins Traum kann er sprechen. Er kann sogar gehen. Ein bißchen unsicher zwar. Er schwankt hin und her, und bei jedem Schritt wackelt der Boden. Am Straßenrand stehen die Motorsägen-Männer. Ihnen bleibt der Mund offen stehen. Das sieht so komisch aus: Motorsägen-Männer, die wie angewurzelt dastehen, und der Baum geht einfach davon. Martin muß lachen und lachen und lachen. Und als er am Morgen aufwacht, spürt er das Lachen noch immer.

Das Regengebet

Es regnet. An Martins Fenster prickeln die Trop-
fen.
Wasserstreifen laufen die Scheibe herunter. Dabei
hat Martin sich so sehr schönes Wetter gewünscht.
Und was kommt? Regenwetter! So ein Mist! Jetzt
kann er nicht raus.
Martin holt die alten Holzbauklötze vom Speicher.
Er baut damit einen Turm in seinem Zimmer.
Ganz vorsichtig, immer höher.
»Komm mal, Mami!«
Wenn er sich auf den Boden legt, wirkt der Turm
wie ein Hochhaus.
»Mami, schau doch mal!«
Noch hält der Turm.
»Ja, gleich …«, ruft die Mutter. »Ich hab' grad meh-
lige Hände. Komm *du* halt her, wenn du was
willst.«
»Ich will dir doch nur was zeigen!« ruft Martin
zurück. Aber das hört sie schon nicht mehr. Der
Mixer jault in der Küche.
In Martins Turm fehlt eine Tür. Vorsichtig zieht
Martin ganz unten einen Baustein heraus. Schön
vorsichtig! Und es klappt: Der Turm fällt nicht ein.
Jetzt *muß* die Mutter aber kommen.
»Ja, gleich«, sagt sie wieder. Ungeduldig diesmal.

48

»Ich kann doch grad nicht.«

Im Turm ist es dunkel. Man müßte ihn beleuchten. Am besten von innen.

»Ich brauch' eine Taschenlampe!« In der Küche klappert's. Die Mutter hört wohl gar nicht mehr zu. Martin ruft, diesmal lauter: »Eine Taschenlampe brauche ich.«

»Ja, gleich …«

Da gibt Martin auf. »Dann eben nicht!« denkt er sich.

Es regnet noch immer. Niemand hat Zeit. Langweiliger Tag!

Martin holt seine Schuhe, zieht sie an, hängt sich den gelben Regenmantel um und schlüpft hinaus in den Garten. Nicht einmal das merkt die Mutter. Er rennt zum Schuppen. Da ist es trocken. Wie ein Vorhang fließt der Regen vom Dach. Die Wasserfäden sind mal dicker, mal dünner. Sie drehen sich, reißen ab, kommen neu und wehen im Wind leicht hin und her. Es tropft und es plätschert.

Im Schuppen stehen leere Gläser herum. Martin stellt sie unter die Regenfäden. Er fängt das Wasser darin auf.

Die Tropfen machen Töne in den Gläsern. Plopp macht es. Langsam plopp. Und ganz schnell blip, blip – blip, blip, blip. Hoch und tief, langsam und schnell. Martin macht es mit seiner Stimme nach, und es klingt wie ein Lied. Martin erfindet ein

Blip-plopp-Lied. Er hat ganz vergessen, daß es ihm langweilig war.

Er hat alles vergessen. Es ist gemütlich im trockenen Schuppen. Dunkel stehen draußen die Pfützen. Sie zittern im Regen. Überall glänzen Tropfen. Die nasse Erde riecht würzig. Regen ist eigentlich schön.

»Da bist du!« sagt plötzlich die Mutter. Sie steht neben Martin. Er hat sie gar nicht gehört. »Ich hab' dich gesucht!« In der einen Hand hält sie Martins Pullover, in der anderen einen Teller mit Kuchen. Jetzt erst merkt Martin, daß ihm kühl ist. Es läuft ihm die Nase. Und Hunger hat er auch.

»Ich kann nicht immer gleich springen, wenn du was von mir willst«, sagt die Mutter. »Nützt auch nichts, wenn du quengelst und mir's hundertmal sagst! Nicht gleich beleidigt sein, Martin! Ich weiß doch, daß du mir deinen Turm zeigen wolltest.«

Martin kaut. »Mir ist es zu kalt hier«, sagt die Mutter. »Kommst du jetzt wieder ins Haus?«

»Ja, gleich«, sagt Martin. Er bleibt noch ein bißchen im Schuppen allein. Macht mit den Gläsern weiter Regenmusik. Und singt sein Regenlied. Mit den langsamen, schweren Tropfen singt er im Takt:

>*»Ja, gleich*
>*ja, gleich*
>*ja, gleich.«*

Nein, eigentlich singt er das nicht. Nicht wirklich laut. Aber es klingt in ihm drin.

»Ja, gleich.«

Im Takt mit den schnelleren Tropfen klingt es anders:

> *»Nicht hundertmal sagen*
> *nicht hundertmal sagen*
> *versteh dich auch so.«*

Und ganz tief in ihm drin kommt noch eine andere Melodie dazu:

> *»Regentag, ich mag dich.*
> *Danke, du bist schön!«*

Und das klingt wie ein Gebet. Ein Gebet ohne viel Worte. Aber Gott wird es auch ohne viel Worte verstehen. Denn ihm muß man nicht alles hundertmal sagen, bevor er drauf hört.

Papa, trag mich!

»Trag mich doch!« Auf dem Heimweg kann Elsa plötzlich nicht mehr. Sie waren zu dritt auf der Wiese am Teich, Vater, Martin und Elsa. Sie haben den Lenkdrachen steigen lassen, der so wunderbar schnurrt. Im Kreis kann der fliegen, kann Kunststücke machen. Er reißt an den Leinen, flattert im Wind. Steht still, sucht mit der Nase hin und her. Und dann stürzt er sich wieder nach unten, auf die Herbstwiese zu. Lenkt zur Seite, rast über das verwilderte Gras, knapp über die Maulwurfshügel rast er, steigt in den Himmel … Sie haben alle drei dabei die Zeit vergessen.

»Trag mich doch!« Kalt ist der Wind. Elsa friert ohne Schal. Plötzlich kann sie nicht mehr. Sie stellt sich dem Vater in den Weg. Streckt die Arme hoch. Er soll sie auf die Schultern setzen und tragen.

»Und ich?« sagt Martin eifersüchtig. »Ich bin auch müde! Trag mich auch.« Er weiß genau, daß das nicht geht. Der Platz auf Vaters Schultern ist schon besetzt.

»Eine Hand kann ich dir geben«, sagt der Vater. Vaters große, warme, gemütliche Hand.

»Ich weiß noch – wenn *ich* nicht mehr konnte als Kind –, ich war manchmal richtig verzweifelt«, sagt der Vater. »Manchmal hab' ich gedacht, daß ich keinen einzigen Schritt mehr gehen kann. Dann hat mich mein Vater – euer Opa also – an die Hand genommen. ›Augen zu!‹ hat er gesagt, und hat mir beim Gehen Geschichten erzählt. Ausgedachte Geschichten. Einmal hat er erzählt, daß hinter uns ein Wolf herschleicht. Ein hungriger Wolf. Da hab' ich natürlich vergessen, wie müde ich war. ›Nein, dreh dich nicht um! Und nicht blinzeln! Laß die Augen zu! Du siehst den Wolf eh nicht. Der versteckt sich gerade hinter den Bäumen.‹ Es war ein herrliches Spiel. Ich mochte das gern.

Natürlich hab' ich mich umgedreht und beim Gehen geblinzelt. Und natürlich war kein Wolf da. Nur irgendein Dackel hat von ferne gekläfft. Aber ich hatte vergessen, wie müde ich war. Es war schön an der Hand meines Vaters.«

Der Vater schweigt. Er muß schnaufen. Elsa ist schwer.

»Wollt ihr mal wechseln?«

Elsa will nicht. Sie will weiter getragen werden. Und Martin – wenn er sich's recht überlegt – geht gern an der Hand.

Na gut, dem Vater soll's recht sein. Und er erzählt weiter von der Zeit, als er selber noch klein war: »Ich hatte beim Wandern als Kind mal furchtbaren Durst. Weit und breit gab's nichts zu trinken. Kein

Gasthaus, kein Kiosk, kein Brunnen. Ich dachte, ich müßte verdursten. Und was macht da mein Vater? Er sagt zu mir: ›Junge, spuck aus. Spuck auf den Boden!‹

Ich mach das. ›Na, also‹, sagt er. ›Du hast doch noch Spucke. So groß kann dein Durst noch nicht sein.‹ Das war so gemein! Ich hab' ihm vertraut, und er legt mich rein!«

Elsa und Martin lachen. Da hat sich der Vater als Kind schön austricksen lassen!

»Lacht nicht!« sagt der Vater. »Das darf man mit Kindern nicht machen! Die Kinder vertrauen dir doch! Wenn dein Sohn Durst hat, dann gib ihm zu trinken, und leg' ihn nicht rein. Hat er Hunger, gibst du ihm Brot und nicht einen Stein. Und wenn dein Kind einen Fisch von dir will, gibst du ihm einen Fisch, keine Schlange, auch wenn sie ähnlich aussehen mag.«

Der Vater schüttelt den Kopf. »Ich hab' ihm vertraut, und er legt mich rein!« Der Vater versteht das immer noch nicht.

»So, und jetzt runter, du Faultier! Hab' dich schon lange genug getragen«, sagt er zu Elsa. Aber die will nicht.

»Trag mich doch noch ein Stück«, bettelt sie. »Du hast gesagt, daß du mich trägst! Also trag mich. Nicht mal so und mal so. Das darfst du mit Kindern nicht machen. Oder soll ich dir nicht mehr vertrauen?« Alle drei lachen. So listig kann Elsa sein! Aber ob sie richtig verstanden hat, was der Vater meint?

»Also gut«, sagt der Vater. »Bis da vorn zu dem Baum. Und dann gehst du selbst! Mich trägt auch keiner.«

»Aye, aye, Sir«, sagt Elsa. »Klar, Mister!«

»Wer sollte den Vater auch tragen«, denkt sie. Der »Mister« ist doch sogar für einen Riesen zu schwer! Der könnte höchstens zu Gott sagen: »Papa, trag mich ein Stück!«

Auge, Zahn und Backe

Ein Taschenmesser wünscht sich Martin. Ein dickes, rotes. Mit Feile und Säge und Schere zum Ausklappen. Aber seine Mutter sagt: »Das kommt nicht in Frage.« Weil ein Messer doch kein Spielzeug ist. Und in seinem Alter schon gar nicht. »Wer weiß, was du damit wieder anstellst«, sagt sie. »Von mir kriegst du keins. Und damit basta!« Und wenn sie »basta« sagt, dann heißt das: »Schluß, Ende, aus mit der Diskussion.« Und dann will sie kein Wort mehr hören. Von Martin nicht. Und von Elsa auch nicht. Und die muß auch nicht immer zu ihrem Bruder halten und ständig sagen, daß sie doch beide keine Babys mehr sind.

Ein paar Tage später hat Martin dann doch ein Taschenmesser. Ein einfaches, blaues. Eingetauscht hat er das. Gegen seine Autorennbahn. Auf die war der Andi Mittermeier schon lange scharf.

Elsa findet das blaue Messer sehr schön.

Die Mutter findet es unglaublich, weil sie es doch verboten hatte. Und sie wird mit dem Vater reden. Und der Vater sagt: »Schön blöd! Eine teure Autorennbahn gegen so ein lumpiges Messer eintauschen! Wie kann man sich nur so übers Ohr hauen lassen? Du wirst noch mal dein Fahrrad für einen Blumentopf hergeben. Wenn man was tauscht, muß beides gleich viel wert sein. Ungefähr wenigstens!« Der Vater will sich ja nicht einmischen, aber auf jeden Fall soll Martin morgen seine Autorennbahn von diesem Gauner zurückholen.

Aber Andi Mittermeier ist kein Gauner. Das weiß Martin genau. Er ist sein Freund. Doch am nächsten Tag will Andi nicht mehr Martins Freund sein, wenn er ihm die Autorennbahn zurückgeben muß. »Geschäft ist Geschäft«, sagt Andi. Und »getauscht ist getauscht.« Andi meint, da kann man nichts mehr machen. Und dann raufen sie. Und Martin kommt dreckig und traurig nach Hause. Ohne Autorennbahn.

»Das hast du davon!« sagt die Mutter. »Weil du nicht auf mich hörst!«

Jetzt will sich der Vater wohl doch einmischen. »Du bist doch kein Schwächling!« sagt er. »Das wirst du dir doch nicht gefallen lassen! Morgen zeigst du diesem Andi mal, daß er mit dir nicht alles machen kann.«

Elsa findet das blöd. Immer nur kämpfen und raufen! Sie stellt sich vor, daß Martin morgen dem Andi ein blaues Auge haut. Und der Andi wird dem Martin ein blaues Auge zurückhauen. Und dann werden sie sich gegenseitig die Zähne krumm schlagen. »Auge um Auge«, hat sie mal gehört. »Und Zahn um Zahn.« Und dann werden sie sich noch die Haare ausreißen. Ein Haar nach dem andern. Zuerst Martin. Dann Andi. Dann wieder Martin. Immer abwechselnd. Haar um Haar. Und da muß Elsa lachen. Weil sie sich Martin als Glatzkopf vorstellt. Mit einer häßlichen schwarzen Augenklappe und jeder Menge Pflaster im Gesicht.

Aber am nächsten Tag gibt's gar keinen Kampf. Martin trifft Andi im Park. Er gibt ihm das blaue Messer zurück. »Kannst du behalten«, sagt er. »Mag ich nicht mehr.« Er haut ihn nicht, tritt ihn

nicht, beißt ihn nicht, sagt gar nichts mehr von der Autorennbahn, dreht sich nur um und geht weg.

Was soll er jetzt machen, allein? Er schlendert zum Teich. Da flippert er mit Steinen. Möglichst flach müssen sie sein. Viermal, fünfmal hüpfen sie übers Wasser, bevor sie untergehen. Einer hüpft sogar sechsmal. Martins neuer Rekord. »Ich bin kein Schwächling!« sagt er bei jedem Stein, den er wirft. »Nein, bin ich nicht!«

Als Martin heimkommt, steht ein großer Karton vor der Tür mit seiner Autorennbahn. Die hat der Andi da hingestellt. Martin ist glücklich. Weil der Andi Mittermeier jetzt doch wieder sein Freund ist.

Und dann raufen die beiden doch noch. Am nächsten Tag im Park. Weil Martin »Na!« sagt, als er den Andi sieht. Und dabei grinst er und boxt ihn an den Arm. Und Andi sagt »He!« und grinst auch und haut dem Martin auf die linke Schulter. Da hält der auch die rechte hin. »Da auch noch!« sagt er. Und dann lachen sie beide. Und Andi haut nicht zu.

Der Brückenmann

Kalt ist es draußen. Zehnter Dezember. Es liegt ein bißchen Schnee. Krähen hocken in den kahlen Bäumen, links und rechts vom Fluß. Unter der Brücke sitzt ein Mann auf einem Holzklotz. Elsa hat ihn zuerst gesehen. Noch bevor er Martin aufgefallen ist.

Der Mann hat einen dicken, schwarzen Mantel an. Und eine Lederkappe auf dem Kopf. Er muß schon alt sein. Grau ist sein Haar und lang sein Bart. Neben ihm steht ein dicker Rucksack. Der Mann knackt Nüsse. Dabei bleibt immer eine Hälfte heil. Und daraus baut er Schiffchen. Er schaut nicht auf von seiner Arbeit, als die beiden Kinder näher kommen. Er sagt nur: »Na! Besuch?«

»Nein! Kein Besuch!« sagt Martin.

Elsa muß kichern, und die beiden Kinder laufen weg.

Am nächsten Tag scheint blaß die Sonne. Aber diese blasse Sonne wärmt nicht. Eine Matratze liegt jetzt unterm Brückenbogen. Daneben steht ein schäbiges Schränkchen im Schnee. Der Brückenmann hat heute eine rote Nase.

»Warum schläfst du denn nicht in deinem Haus?« fragt Elsa ihn.

»Hab kein Zuhause!« brummt er. »Bin mal da und mal dort.«

»Und warum bleibst du nicht einfach irgendwo?« Da lacht der Brückenmann. Es klingt nicht fröhlich, wie er lacht.

»Du könntest doch die Nußschiffchen verkaufen. Und von dem Geld könntest du dir eine Wohnung mieten. Dann müßtest du nicht immer frieren.« Ein warmes Zimmer stellt sich Martin vor. Mit einem großen Ofen.

»Fünfzig Pfennig für ein Schiffchen!« sagt der Brückenmann. »Das ist nicht viel. Was ich verdiene, reicht nicht mal fürs Essen. Ich lebe von Almosen, von dem, was mir die Leute schenken.« Er zeigt zum Uferweg hinüber.

Da steht ein Schuhkarton. Den hat er dort hingestellt. Manchmal bleibt einer, der vorbeispaziert, kurz stehen und wirft ein Zehnerl rein. Kann auch ein Markstück sein. Man sieht es aus der Ferne nicht genau. Der Brückenmann ruft jedesmal laut »Dankeschön!« und grüßt zum Uferweg hinüber. Manch einer grüßt zurück und liest die Aufschrift auf dem Schuh-Karton:

»Wenn du was gibst,
mach kein Trara,
und gib nicht damit an.
Wenn du was gibst,
stell's heimlich an,

es dankt dafür der Brückenmann.
Und Gott wird dir's vergelten.«

Zwölfter Dezember. Nächster Tag. »Heute ist eine alte Frau vorbeigekommen«, erzählt der Brückenmann. »Die ist so komisch 'rumgeschlichen um meinen Schuhkarton. Dann hat sie sich gebückt und Geld herausgeholt. Stellt euch vor, die wollte mich bestehlen!

Ich stürze hin. Schrei schon von weitem: ›Pfoten weg von meinem Geld!‹ Dann seh' ich, daß sie zittert, diese alte Frau. Sie sagt: ›Ich hab' gedacht, das fällt nicht auf, wenn ein paar Münzen fehlen. Ich bin so arm.‹

›Handtasche auf!‹ sag ich. Und kipp ihr alles in die Tasche. Das ganze Geld aus meinem Schuhkarton. Ich weiß gar nicht, wieviel das war. Wie die alte Frau sich da gefreut hat, das hättet ihr sehen sollen! Sie wollte mir sogar die Hände küssen. Aber das Abgeknutsche mag ich nicht. ›Ist schon recht!‹ hab' ich gesagt und bin gegangen. Ich hab' zwar selber jetzt nichts mehr. Aber ich sag immer, daß die linke Hand nicht wissen muß, was die rechte tut. Die eine nimmt, die andere gibt. Und außerdem: Die Freude von der alten Frau, das war's mir wert. Das war für mich in diesem Jahr das schönste Weihnachtsgeschenk.«

Am nächsten Tag bringt Elsa dem Brückenmann eine Spanschachtel mit. Die hat sie selbst bemalt. Und auf den Deckel hat sie goldene Perlen geklebt.

»Meine Zauberschachtel«, sagt Elsa. »Da sind ganz viele Träume drin. Bevor ich einschlafe, hole ich mir immer einen raus. Den träum' ich dann. Da! Schenk' ich dir. Paß gut auf meine Zauberschachtel auf!« Das war am dreizehnten Dezember.

Auch am vierzehnten Dezember laufen Elsa und Martin wieder zur Brücke. Der Brückenmann ist fort. Keine Matratze mehr. Kein Schränkchen.

Sogar der Holzklotz, auf dem er saß, ist weg-
geschafft. Unter der Brücke herrscht jetzt wieder
Ordnung. Nur der Schnee sieht sehr zertrampelt
aus. Und auf dem Brückenpfeiler warten zwei
Nußschalen-Schiffchen auf Elsa und Martin.

Ich war das nicht!

Elsa hat sich versteckt. Irgendwo in der dunklen Wohnung. Martin muß sie mit der Taschenlampe suchen. Und der Vater sagt »heiß und kalt« dazu. Wo kann Elsa sein?
Vielleicht im Schrank? Hinter den Kleidern? »Eiskalt!«
Oder hinter der Tür? »Auch nicht!«
Im Schlafzimmer muß sie jedenfalls sein, denn da ist es warm, sagt der Vater.
Martin sucht lange. Dann sieht er, wie sich der Wäschekorb bewegt. Und richtig: Elsa sitzt drin.
Jetzt versteckt sich der Vater, und Elsa muß suchen.
Vielleicht sitzt er unterm Schreibtisch? Oder er liegt in der Badewanne? Oder im Bett? Elsa zieht die Bettdecke weg. Aber Pech gehabt: Da liegt nicht der Vater, da liegen nur Kissen.
»Na warte! Ich find' dich!« knurrt Elsa. Und sie schaut gerade im Bettkasten nach, da bewegt sich der Vorhang vorm Fenster. Es poltert. Es klirrt. Erde und Scherben. Der Vater hat hinterm Vorhang gestanden und einen Blumentopf umgeschmissen. So ein Pech aber auch!
Elsa holt eine Schaufel. Martin bringt den Staubsauger. Und der Vater besorgt einen neuen Blu-

mentopf aus dem Schuppen. »Blödes Grünzeug«, schimpft er beim Eintopfen. »Was muß das hier 'rumstehen.« Und schon ist der Schaden behoben. Nur der Übertopf ist nicht mehr zu flicken. Der ist in drei Teile zersprungen: endgültig hin. Ärgerlich! Wirklich ärgerlich! Die Mutter hatte ihn gern. Sie wird schimpfen, wenn sie heimkommt von ihrer Arbeit in der Apotheke. »Bin gleich wieder da«, hat sie gesagt. »Nur zwei Stündchen Krankheitsvertretung.«

Da hat der Vater eine Idee: »Wir könnten doch sagen, daß es der Wind war. Der Wind hat das Fenster aufgestoßen und klirr – schon war's passiert. Wir sind nicht schuld. Das war der Wind!«

»Aber Papi!« sagt Elsa und schaut ihn mitleidig an. »Oder wir stellen die Scherben geschickt hin und sagen ihr gar nichts. Dann wird sie's nicht merken.«

»Aber Papi!« sagt diesmal Martin, und auch er schaut ihn mitleidig an. »Das ist gelogen. Wenn du was anstellst, dann kannst du's nicht einfach so wegmachen.«

»Ich war's jedenfalls nicht!« sagt der Vater. »Das ist nur passiert, weil mich die Taschenlampe so geblendet hat. – Das ist doch eine gute Idee! Wir sagen einfach: Die Taschenlampe ist schuld!«

Da schauen sich die drei verschmitzt an, und plötzlich lachen sie los. »Die Taschenlampe hat

das Grünzeug heruntergeschmissen! Die Taschenlampe ist schuld!«
»Du, du!« droht der Vater mit erhobenem Finger.
»Wenn du noch mal so bös bist, dann paß auf,
was passiert! Dann mag ich dich nicht mehr! Ich
nehm' dir dann deine Batterien heraus!« Der Vater
schimpft mit der Taschenlampe. Es ist zu komisch.
Martin und Elsa brüllen vor Lachen.

Da kommt die Mutter heim. »Hallo«, ruft sie fröh-
lich von der Haustür. »Hallo! Wo seid ihr?«
Alle drei kommen angelaufen.
»Hallo!«
»Wie geht's denn?«
»Bist du müde?«
»Wie war's denn so bei der Arbeit?«
»Kann ich dir aus dem Mantel helfen?«

»Komm, setz dich. Willst du was essen?«

Die Mutter läßt sich zum Eßtisch führen wie eine Puppe, setzt sich und sagt entgeistert: »Sagt mal, ihr Affen, seid ihr krank? Was ist denn mit euch los?«

»Los? Ach, eigentlich nichts. Los ist überhaupt nichts. Und der Blumentopf steht auch wieder auf dem Fensterbrett. Vielleicht muß man noch ein bißchen Erde nachfüllen. Aber der Übertopf – der ist hin«, sagt der Vater. »Ich hab' nicht aufgepaßt. Und schon war's passiert.«

Die Mutter verzieht ein wenig den Mund. Natürlich freut sie sich nicht. Aber schimpfen? Warum sollte sie schimpfen? Hat ja keiner absichtlich gemacht!

Und außerdem ist ihr auch was Blödes passiert. Sie hat eine Delle ins Auto gefahren. Beim Einparken. »Nicht aufgepaßt«, sagt sie. »Und schon war's passiert!«

Da grinst der Vater sie an. »Du Autozerstörer!« sagt er zu ihr. Und sie sagt: »Du Blumenübertopfvernichter!«

Da lachen sie beide und fallen sich in die Arme. »Ach, muß das schön sein, Fehler zu machen«, denkt Elsa da. Sonst könnte man sich gar nie verzeihen. Und Verzeihen fühlt sich gut an.

Wenn man nicht
»Nein« sagen kann!

Die Ura soll keine Eier mehr essen. »Das ist nicht gesund für Sie!« hat der Doktor gesagt. »Keine Eier! Klar?« Und dabei hat er die Ura streng angeschaut und die Stirn gerunzelt und mit dem Zeigefinger gedroht. Kein bißchen Lachen war mehr um seine Augen.

»Wie Sie meinen, Herr Doktor!« hat die Ura gesagt. Dabei ißt sie für ihr Leben gern Eier. Weiche Eier und gekochte Eier, Spiegeleier und Mayonnaise-Eier. Und von Eierkuchen kann sie nur schwärmen! Jedenfalls – Doktor hin, Doktor her –, die Ura läßt sich ihre Eier doch nicht verbieten. Und wenn Elsas Vater für sie einkaufen geht, soll er unbedingt ein Ei mitbringen. Ein klitzekleines Ei genügt ja schon. »Bitte, bitte, ja nicht vergessen!«

Da kann Elsas Vater nicht »Nein« sagen. »Die alte Frau!« denkt er sich. »Wenn sie sich's so dringend wünscht. Wird nicht so schlimm sein! Einmal ist keinmal. Was ist schon ein Ei?!«

Er bringt ihr sechs Eier mit. Bei der Kathi-Bäuerin gäbe es einzelne Eier. Im Supermarkt nicht. Da waren nur Eier im Sechserpack zu haben.

Als der Vater auspackt, steht die Ura daneben. Und als sie die Eier sieht, runzelt sie die Stirn und sagt ernst: »Jungelchen, Jungelchen, führ' mich nicht in Versuchung!« Und sie droht mit dem Zeigefinger. So wie der Doktor.

»Der Arzt hat mir zwar Eier verboten«, meint sie verschmitzt. »Aber von einem *Spiegelei* hat er nichts gesagt. Und was nicht verboten ist, das ist erlaubt. Und wenn *ein* Spiegelei erlaubt ist, dann auch zwei oder drei. Jungelchen, mach mir drei Eier!« Und die ißt sie auf. Ratzebutz.

Aber am Abend – man kann sich's fast denken –, am Abend ist der Urgroßmutter schlecht. Am Telefon klingt sie gar nicht so lustig wie sonst. Sie will Elsas Vater sprechen.

»Das war gar nicht gut, was du heute gekocht hast!« jammert sie.

»Du wolltest Spiegeleier!« sagt der Vater. »Ich hab' dich gewarnt!«

»Ach, papperlapapp«, macht die Ura. »Ich hab' früher auch Eier gegessen, und nie war mir schlecht.«

»Ja, Ura, früher!« sagt der Vater. »Da warst du noch jünger und hast das Essen besser vertragen.«

»Ach was!« sagt die Ura. »Das nächste Mal kaufst du mir bessere Eier!«

Der Vater verzieht das Gesicht, als hätte *er* Magenschmerzen und nicht die Ura.

»Hör mal zu!« sagt er dann. »Ich bring dir gar keine Eier mehr mit!«

Aber dann hört *er* lange Zeit zu, sagt: »Ja, aber…«,
»Ja, ja …« – »Von Verhungern lassen, Ura, kann
gar keine Rede sein …«
Er schüttelt den Kopf und verdreht die Augen.
Mutter grinst zu ihm hin.
»Na gut, Ura. Jetzt wirst du erst mal gesund. Dann
sehen wir weiter!« sagt er noch. Und dann legt er
auf.
»Uff!« stöhnt er.

»Und was wirst du das nächste Mal machen?« fragt die Mutter belustigt. »Wirst du ihr wieder Eier mitbringen?«

»Eigentlich will ich ja nicht …«, meint der Vater.

»Eigentlich!« sagt die Mutter.

»Die Ura kriegt dich ganz schön leicht ’rum. Meinst du nicht auch? Ihr müßtet beide *Nein* sagen lernen. Die Ura müßte *Nein* sagen lernen, wenn ein Ei sie anlacht. Und du müßtest *Nein* sagen können, wenn die Ura was Falsches von dir verlangt. Laß dich doch nicht in Versuchung führen! Sag einfach *Nein*!«

Aber die Mutter hat leicht reden. Elsa wüßte auch nicht, was sie an Vaters Stelle täte.

Immer auf die Kleinen!

Endlich wird's wärmer. Jetzt kommt der Frühling! Die Blumen spitzen schon raus. Und auch die Amseln sind wieder im Garten. Herr Amsel, vornehm in Schwarz. Frau Amsel, dunkelbraun wie altes Laub. Elsa kennt sie vom letzten Jahr noch. Sie zupfen trockenes Gras aus der Wiese.

Manchmal halten sie still und schauen zu Elsa herüber. Auf dem Sprung, als wollten sie fliehen. »Keine Angst, ich tu euch doch nichts«, sagt Elsa leise. Da zupfen sie weiter. Sie bauen mit den Halmen ein Nest auf dem Balken unter dem Dach. Elsa findet das toll. Ein Amselnest unter ihrem Dach!

Nach zwei Wochen fiept's in dem Nest. Ganz hohe Töne. Junge Amseln müssen das sein. Elsa würde sie so gern mal sehen!

Das Fernglas! Wo ist denn das Fernglas? In Martins Zimmer natürlich. Wo sonst! Aber Martin gibt es ihr nicht. Er rennt selbst mit dem Fernglas hinaus. Er will zuerst.

Ist das gemein! Bloß weil er der Größere ist. Ungerecht ist das! Schließlich hat *sie* die jungen Amseln entdeckt. Elsa saust hinterher.

»Gib her! Gib mir das Fernglas!« Elsa ist wütend. Sie will es Martin wegreißen. Aber der hält es hoch

über den Kopf. Da kommt sie nicht dran. »Gib mir's jetzt – oder ich sag es der Mama!« Das wirkt. »Alte Petze! Da hast du's. Man sieht sowieso nichts.« Jetzt tut Martin so, als wären ihm die Amseln völlig egal, dreht sich um und geht weg. Martin hat recht. Von den jungen Amseln sieht Elsa wirklich nicht viel. Aber dann kommt die Amselmutter geflogen, landet auf der Dachkante, Würmer im Schnabel, schaut sich mit ihren schwarzen Knopfaugen aufmerksam um, huscht zum Nest. Da fahren drei Schnäbel in die Höhe. Drei Schreihälse kreischen los. Und wer seinen Schnabel am weitesten aufreißt und am lautesten schreit, wird am meisten gefüttert. Die Amsel fliegt weg. Sofort ist es wieder still in dem Nest.

Bis das nächste Futterpaket angeflogen kommt. Lange schaut Elsa zu.

Ein paar Tage später – plötzlich ein Riesentumult in Elsas Garten. Die Amsel-Eltern schimpfen und zetern. Sie regen sich fürchterlich auf. Ob die Jungen jetzt endlich zum ersten Mal fliegen? Das muß Elsa sehen!

Nein! Im Kirschbaum hocken zwei schwarz-weiße Vögel, viel größer als Amseln. Zwei Elstern. Elsa weiß, das sind Räuber. »Haut ab!« Elsa klatscht in die Hände. Die Elstern sollen verschwinden. Aber die beiden keckern und lachen. Und als sie endlich wegfliegen, tun sie ganz harmlos. Sie können ja warten!

Am nächsten Morgen ist das Amsel-Nest leer. Die jungen Amseln sind weg. Die haben die Elstern geholt. Elsa kann's gar nicht fassen. Sie ist entsetzt, und sie weint vor Wut. Es ist alles so grausam. Blöde Elstern!

»So ist es halt auf der Welt«, sagt die Mutter. Sie will Elsa trösten. »Die Amseln picken nach Würmern. Die Elstern stehlen junge Amseln. Da frißt einer den andern. – Und vielleicht muß das so sein. Sonst gäbe es zu viele Würmer. Oder zu viele Amseln. Und es wäre kein Platz auf der Welt für andere Tiere.«

Nein, den Trost will Elsa nicht. »Immer auf die Kleinen!« schimpft sie. »Das ist ungerecht! Die kleinen Amseln konnten sich überhaupt noch nicht wehren!«

»Aber so sind nun mal Elstern«, sagt die Mutter. »Diebische Elstern können nicht anders.«

»Trotzdem gemein!« Elsa bleibt dabei, daß das fürchterlich ungerecht ist. Sie ist richtig verzweifelt.

Was soll die Mutter da sagen? Eigentlich hat Elsa ja recht. Wenn doch die Kleinen keine Angst mehr haben müßten vor den Großen – ach, wäre das schön. Wenn man Wehrlosen nichts wegnehmen würde! Wenn keiner die Kleinen mehr kränken würde. Mehr Gerechtigkeit sollte es geben!

»Nein«, sagt die Mutter. »Nicht immer auf die Kleinen! *Du* kannst es anders machen. Schütze die Schwachen, und du wirst glücklich dabei.«

Und sie sagt noch: »Glücklich die Menschen, die nach mehr Gerechtigkeit hungern. Sie werden satt werden.«

Es war nicht bös gemeint

Martin war heute mit Stefan und Andi auf dem Spielplatz im Park. Da kam Frau Tuschi vorbei. Frau Tuschi geht ziemlich langsam am Stock, tief zum Boden gebeugt. Ihr Kopf wackelt ständig am Hals hin und her. Sie kann nicht anders. »Die Nerven!« sagt sie. »Man wird halt alt!«

Und da passiert es, daß Andi sie auslacht. Andi steht auf dem Kletterturm an der Rutsche, da sieht er unten Frau Tuschi. »Wackelbirne«, fällt ihm ein. »Wackelbirne«, sagt er, zuerst leise, dann lauter, weil er das lustig findet, und dann fängt er auch noch an zu singen:

»Eine alte Wackelbirne
wackelt hier herum!«

Er freut sich über seinen eigenen Witz.

»… wackelt hier herum!«

»Hör doch auf!« sagt Martin erschrocken. »Das ist doch die Frau Tuschi aus unserer Straße.«

Frau Tuschi bleibt stehen. Sie hat genau verstanden, was Andi da vor sich hinträllert. Sie schaut von der Seite zu Andi hinauf. Sie kann den Kopf ja nicht richtig heben. Sie droht mit dem Stock. »Frecher Kerl!« Aber da kann Andi bloß lachen. »Fang mich doch!« ruft Andi, setzt sich in die Rutsche, saust runter, rennt an Frau Tuschi vorbei.

»Fang mich doch!« ruft Andi, und schon steigt er wieder auf den Kletterturm.

Er ist fürchterlich frech, aber Frau Tuschi kann nichts dagegen tun. Sie schaut Martin nur vorwurfsvoll an. Den kennt sie genau. »Böse Kinder!« sagt sie dann. »Na wartet, ich sag's euren Eltern!« Sie dreht sich um und schlurft weiter. Gebückt und gekränkt.

An Frau Tuschi denkt Martin erst wieder, als er vom Spielplatz heimkommt. Ob Frau Tuschi sich wirklich bei seiner Mutter beschwert hat? Er hätte nicht mitlachen sollen! Ein bißchen schämt er sich jetzt. Er hat ein schlechtes Gewissen und fühlt sich nicht gut.

Nein, Frau Tuschi hat ihn wohl nicht verpetzt. Die Mutter ist ganz normal zu ihm. So wie immer. Nur Martin ist stiller als sonst. Er muß ständig daran denken, wie er Frau Tuschi ausgelacht hat, obwohl er nicht wollte.

»Böse Kinder!« hat Frau Tuschi gesagt. Hat sie recht? Ach was! Er ist nicht böse. Und seine Freunde auch nicht. Und es war ja auch gar nicht böse gemeint. Was kann *er* denn dafür, wenn er lachen muß, weil die Tuschi ständig mit dem Kopf hin und her schlenkert? Natürlich lacht man niemanden aus; Martin weiß das genau. Aber manchmal macht man halt, was man nicht darf. Und außerdem hat Stefan viel mehr gelacht als er!

An dem Abend betet die Mutter mit Martin das Vaterunser. Das tut sie nicht oft.

»UNSER TÄGLICHES BROT GIB UNS HEUTE«,
betet sie.
»Gib uns Menschen, die es gut mit uns meinen,
daß wir glücklich sein können.
UND VERGIB UNS UNSERE SCHULD:
daß wieder gut werden kann, was wir verkehrt
gemacht haben.
UND FÜHRE UNS NICHT IN VERSUCHUNG:
daß wir nicht Sachen machen, die wir nicht
wollen und später bereuen.
SONDERN ERLÖSE UNS VON DEM BÖSEN:
daß wir gut sein können miteinander.
Amen.«

Und jetzt weiß Martin, daß Frau Tuschi doch da war und sich über ihn bei der Mutter beschwert hat. Auch wenn die Mutter kein Wort darüber gesagt hat. Ob jetzt alles wieder gut ist?

Vielleicht sollte Martin morgen ein Bild für Frau Tuschi malen? Vielleicht freut sie das? Er könnte sie malen, wie sie auf einer Parkbank sitzt und den Kindern beim Rutschen zuschaut. Oder er könnte sie malen, wie sie den Weg entlang- kommt: eine lachende Tuschi mit wackligem Kopf. So wie sie halt ist, die Frau Tuschi!

Zerbrechlich wie Glas

Eine Kerze brennt neben Elsas Teller am Frühstückstisch. Und ein Päckchen liegt an Elsas Platz. »Ist das für mich?« Elsa staunt. Was ist denn heute los? Sie hat doch noch gar nicht Geburtstag.
»Ein Päckchen von Heidi für dich!« sagt Elsas Mutter. »Mach's mal auf. Wirst schon sehen!«
Was wird in dem Päckchen drin sein? Elsa reißt das Papier auf. Ein verschnürter Karton kommt zum Vorschein. Ein Brief. Vorlesen, bitte!

»Liebe Elsa«, liest die Mutter, *»heute vor fünf Jahren bist Du getauft worden. Du kannst Dich sicher nicht daran erinnern. Damals warst Du ja noch ein Baby. Aber ich denke gern an diesen Tag. Du warst so zart. Mit großen Augen hast Du mich neugierig angeschaut. Du hast Deine Lippen gespitzt, als wolltest Du mir von Dir erzählen. Und dann habe ich Dich übers Taufbecken gehalten und Dir alles Liebe und Gute gewünscht. Und das wünsche ich Dir als Deine Taufpatin auch heute. Ich wünsche Dir, daß Du zart bleiben kannst. Harte Menschen gibt's genug. Und jetzt schau erst mal schnell in das Päckchen rein.«*

Elsa hat schon die Schnur durchgeschnitten.

Etwas Längliches, Rundes ist drin in dem Päckchen. Eine Flasche, die gluckert, wenn man sie schüttelt. Ein Plastikteller, ein großer Plastikring. Damit kann man Riesenseifenblasen machen! Toll!
»Hör zu, Elsa!« Die Mutter will weiter vorlesen, was Heidi ihr schreibt. Nein, Elsa hört jetzt nicht mehr zu. Sie muß mit dem Geschenk sofort in den Garten.

Draußen ist es noch kühl. Ein schöner Tag. Man ahnt schon die Hitze. Elsa kippt die Seifenlauge in den Teller, taucht den Ring ein, zieht ihn durch die Luft. Und wie ein durchsichtiger Schlauch beult sich die Seife am Ring, schließt sich zur

Blase, so groß wie ein Kopf. Sie dreht sich, tanzt, torkelt nach oben, beruhigt sich, schwebt sanft davon. Sie schillert in vielen Farben, gelb, violett, blau und rot. Und dann platzt sie. Oh, schade! Aber macht nichts: die nächste.

Eine Seifenblase nach der andern zaubert Elsa. Manche nimmt der Wind mit übers Dach. Und dann schwebt wieder eine so tief, daß Martin hinterher rennen kann, um ihr mit den Händen Luft zuzuwedeln. Sie soll aufsteigen und nicht in den Zweigen landen. Sonst wird sie platzen. Flieg doch! Bitte flieg!

Die Mutter hat immer noch Heidis Brief in der Hand. »Magst du jetzt hören, was Heidi dir schreibt?« Und dann liest sie weiter vor:

»Die Riesen-Seifenblasen schenke ich Dir zu Deinem Tauftag. Ich mag sie so gern. Sie schweben so leicht. Leichter als Luft. Zerbrechlich wie Glas. Wenn nur die Menschen auch so zart wären. Ich wünsch' Dir jedenfalls viel Glück, liebe Elsa. Sollst wissen, daß man's gut mit Dir meint. Herzlich, Deine Heidi.«

Martin lacht frech, als er das hört. »Elsa, die Zarte«, spottet er. »Martin, der Harte.« Elsa grinst zurück und hält ihm den Plastikring hin. »Willst du auch mal?«

Natürlich will Martin endlich auch Seifenblasen machen. Aber Elsa läßt ihn nur, wenn er sie nicht mehr »Weichei« nennt.

»Schau mal«, sagt die Mutter und zeigt Elsa Heidis Brief.

Heidi hat ihn auf einer Seite mit Seifenblasen bemalt. »Und dazwischen hat sie die Seligpreisungen geschrieben«, sagt die Mutter. »Das sind Glückwünsche von Jesus.«

Und sie liest eine Seligpreisung vor:

»Glücklich die Sanften.
Diese Erde wird ihnen gehören.«

Auf der Rückseite von Heidis Brief steht dann noch: *»Ach übrigens: Seit vier Monaten arbeite ich jetzt schon im Kinderkrankenhaus. Ich schicke Dir ein paar Fotos von meinen kleinen Patienten. Bis bald!«*

Glücklich die Sanften.
Diese Erde wird ihnen gehören.

Glücklich die Armen,
die sich von Gott alles erwarten.
Gott macht sie reich.

Glücklich, die Leid tragen.
Gott wird sie trösten.

Glücklich, die Frieden stiften, wo Streit ist.
Sie sind Gottes Kinder.

Glücklich die Barmherzigen.
Gott ist auch ihnen barmherzig.

Glücklich, die nach Gerechtigkeit hungern.
Gott macht sie satt.

Bis das Lachen wiederkommt

»Die hat ja einen Schlauch in der Nase!«
Elsa ist erschrocken über das Foto, das ihr Heidi
aus dem Krankenhaus geschickt hat. Ein Mädchen ist darauf zu sehen. Es liegt auf dem Rücken
im Bett. Ringsherum Schläuche. Und einer steckt
sogar in der Nase. Das muß doch schrecklich
unangenehm sein!
»Und schau mal *die* an!« Martin hat ein anderes
Foto in der Hand. Ein Kind liegt matt lächelnd im
Bett. Auch eine kleine Patientin von Heidi. Und
neben dem Bett hängen gelbe und blaue Kästchen mit Tasten und Knöpfen. Sind das Cassetten-
Recorder?

»Laß mal sehen!« sagt die Mutter. »Sieht eher aus wie ein Piepser. Der paßt Tag und Nacht auf, daß bei dem kranken Kind das Herz richtig schlägt und das Blut genug Sauerstoff hat.«

Elsa schüttelt sich. Schläuche und Piepser und Blut und irgendein Sauerstoff und immer im Bett bleiben müssen! Also, sie möchte nicht im Krankenhaus sein!

Elsa fragt sich sowieso, was man eigentlich macht, wenn man im Krankenhaus aufs Klo muß, aber nicht aus dem Bett aufstehen darf.

»Oder wenn man ganz dringend was erzählen will«, sagt Martin. »Und kein Mensch ist da. Keiner zum Spielen. Und nicht mal die Eltern. Das muß doch irre langweilig sein.«

»Ganz so schlimm ist es nun auch wieder nicht«, meint die Mutter. »Erstens kommen die Eltern, so oft sie können. Und zweitens sind die Schläuche und Piepser und das ganze Zeug nötig, wenn man gesund werden will. Und drittens ist die Heidi ja auch noch da. Und Heidi hat Zeit. Montag, Dienstag, Mittwoch, Donnerstag, Freitag hat Heidi Zeit für ihre kranken Kinder.«

»*Ihre* Kinder?« entgegnet Martin. »Das sind ja wohl *fremde* Kinder! Und außerdem ist es trotzdem langweilig, auch wenn die Heidi bei diesen Piepskindern ewig am Bett herumsitzt …«

»Macht sie doch gar nicht!« sagt die Mutter. »Heidi

sitzt nicht nur herum. Sie spielt mit den Kindern. Sie liest ihnen vor oder erzählt ihnen was. Zum Beispiel, wie eine Kuh aussieht.«

»Eine Kuh!« Martin und Elsa lachen. »Eine Kuh! Das weiß doch jedes Baby!«

»Aber nicht Heidis Kinder«, sagt die Mutter. »Es gibt Kinder, die noch nie aus dem Krankenhaus herausgekommen sind. Die haben noch gar nichts gesehen von der Welt. Und darum erzählt Heidi von Löwenzahn-Blumen im Frühling und von den Tieren im Stall. Sie erzählt, wie im Herbst sich die Schwalben zum Wegfliegen sammeln, und im Winter erzählt sie, daß der See zugefroren ist. ›Auf dem Wasser kann man jetzt gehen!‹

Da staunen die Kinder im Krankenhaus: ›Und das alles gibt's draußen wirklich!?‹

›Ja, ganz wirklich!‹

›Heidi, ich will bald gesund sein!‹ sagt dann manchmal ein Kind.

›Ja, bitte!‹ antwortet Heidi. ›Werde nur recht bald gesund. Ich hoffe mit dir.‹

Wenn ein Kind sich freut, freut Heidi sich auch. Und wenn ein Kind hofft, hofft Heidi mit ihm.«

Elsa denkt nach. »Ich könnte das nicht«, sagt sie dann.

»Was könntest du nicht?«

»Ich könnte bei den Piepskindern nicht normal sein. Ich wäre da traurig.«

»Nein, nein!« sagt die Mutter. »Immer fröhlich ist Heidi auch nicht. Oft vergeht ihr das Lachen. Wenn ein Kind leiden muß, leidet sie mit. Manchmal sitzt sie an einer Bettkante und kann gar nichts mehr sagen; dann krault sie ein Kind, hält seine Hand, hält sie solange, bis das Lachen wiederkommt. Oder zumindest ein Lächeln.«

»Muß schwer sein, das Bettkantensitzen«, denkt sich Martin.

Was Heidi dabei verdient, möchte er wissen.

Aber Heidi denkt nicht ans Geld. Sie arbeitet freiwillig bei ihren kleinen Patienten. Keinen Pfennig verdient sie dabei. »Ehrenamtlich« nennt das die Mutter.

Martin kann es nicht fassen. »Ehrenamtlich … Warum macht denn die Heidi so was, wenn sie nicht mal Geld dafür kriegt?«

»Warum?« sagt die Mutter. »Irgend jemand muß das doch machen! Und die Ärzte und Schwestern haben so wenig Zeit. ›Dann mach's eben ich‹, sagt sich die Heidi, weil sie ein Herz hat für Kinder. Aber ob sich Barmherzigkeit lohnt? Frag sie doch selbst einmal!«

Ein Herz für Piepskinder? Martin und Elsa schauen sich die Fotos von Heidis Kindern noch einmal an. Vielleicht ist ein Schlauch in der Nase doch nicht so schlimm? Und vielleicht sind Heidis Patienten ganz nett?

90

Die Rostfresserchen

Elsa liegt gemütlich im Bett, hat ihren Teddy im Arm, schläft noch halb: Da rumpelt der Vater ins Zimmer, reißt den Vorhang zurück. »Aufstehen, du Faultier! Frühstück!« Und schon ist er wieder draußen.

So eilig hat's Elsa nicht. Sie muß den Teddy erst wecken, stupst ihn auf die Schnauze, stupst ihn auf den Bauch. Aber der Teddy brummt nur und schläft weiter. Süß schaut er aus, wenn er schläft. Er schläft immer mit offenen Augen. Elsa könnte das nicht.

Tür auf. Schon wieder der Vater. »Ich bastle heute am Auto, bevor der Rost es ganz aufgefressen hat. Wenn du willst, kannst du mir helfen.« Tür zu.

»Wollen wir helfen?« fragt Elsa den Teddy. Aber dann beschließt sie, daß sie nicht wollen. Autobasteln macht keinen Spaß. Sie werden lieber etwas anderes spielen.

»Der Rost frißt das Auto auf«, hat der Vater gesagt. Daß dem Rost so was schmeckt! Elsa stellt sich vor, daß im Auto viele kleine Rostfresserchen sitzen. Und die nagen gemütlich am Auto herum und beißen Löcher ins Blech. »Hmm, ist das gut!« Sie fressen und fressen. Sie können gar nicht mehr aufhören zu fressen. Sie haben schon ganz dicke Bäuche davon. Elsa denkt sich aus, daß die Rostfresserchen kugelrund sind. Sie können sich kaum noch bewegen auf ihren dünnen Beinchen. Und heute wird der Vater sie fangen. Da werden sie's schwer haben, sich zu verstecken.

Elsa steht auf, frühstückt im Schlafanzug, den Teddy im Arm. Der hat auch Hunger. Er hat einen eigenen kleinen Teller. Zähneputzen. Anziehen.

Und dann weiß Elsa nicht recht, was sie tun soll. Der Vater werkelt am Auto herum. Martin natürlich auch. Der muß bei so was ja immer dabei sein. Die Mutter macht sich im Haus zu schaffen und hat keine Zeit. Da schaut Elsa jetzt doch den beiden Autobastlern zu.

»Blöder Rost«, sagt Elsa. »Daß der ausgerechnet unser Auto auffressen muß!«

Der Vater kratzt mit einer Bürste die Roststellen blank. Und wenn alles Braune vom Blech abgekratzt ist, darf Martin mit einer Flüssigkeit darüberpinseln.

»Eisen rostet nun mal, wenn es naß wird. Und dann geht es kaputt«, sagt der Vater.

»Aber wenn man das Auto aus Plastik bauen würde, dann würde es nicht rosten!« Elsa läßt nicht locker. Bei einem Plastikauto müßte der Vater jetzt nichts reparieren, und er könnte mit ihr spielen.

»Plastik wird auch alt, und dann bricht es«, sagt er. »Irgendwann geht alles mal kaputt. Eisen rostet. Steine brechen. Stoff reißt. Holz fault. Nichts hält ewig.«

»Aber mein Teddy darf nicht kaputt gehen. Auf den paß ich auf«, sagt Elsa. Ihren Teddy liebt sie. Und er mag sie auch. Das weiß sie. Sie fühlt es. Und dagegen können alle Rostfresserchen der Welt nichts machen.

»Du immer mit deinem blöden Teddy«, sagt Martin. »Der hat ja schon eine Glatze am Bauch. Und das eine Ohr ist fast ab.« Ein Ekel ist Martin. Manchmal kann er richtig gemein sein.

»Martin, laß die Elsa in Ruhe!« Der Vater mag es nicht, wenn sie streiten.

»Auch wenn dein Teddy kein Schmuckstück mehr ist«, sagt er zu Elsa. »Hauptsache, du hast ihn gern. Und das laß dir von keinem madig machen.«

Und zu Martin sagt er: »Man kann die tollsten Spielsachen haben, die wertvollsten Schätze – alles geht einmal kaputt. Nichts hält ewig. Nur was du lieb hast, das kann dir keiner nehmen. Das bleibt dir.«

Die letzten Worte hört Elsa fast schon nicht mehr. Weil sie mit ihrem Teddy ins Haus rennt. Die Mutter muß das Teddy-Ohr sofort annähen. Der arme Kerl hört doch sonst gar nicht richtig, was sie ihm ins Ohr flüstern will. »Ich hab' dich lieb«, will sie ihrem Teddy sagen. Am besten gleich.

Wie in einem Spiegel

»Wann bist du denn endlich fertig?« ruft die Mutter. Martin braucht am Abend beim Zähneputzen immer wahnsinnig lang.

»Mhn, mhn«, macht Martin im Bad. Und das heißt »Komm gleich!« Sehr deutlich ist seine Aussprache im Moment nicht. Aber mit der Zahnbürste im Mund geht's halt nicht besser.

Außerdem hat Martin den Mund voller Schaum. Der Zahnpasta-Schaum tropft aus den Mundwinkeln raus, läuft in dünnen Fäden langsam zum Kinn. Oder als breiter Schwall, je nachdem, wie Martin seine Lippen zusammenpreßt. Er schaut sich dabei im Badspiegel zu. Sieht toll aus! Wie bei einem Vampir. Wie das herausquillt! Wunderbar eklig!

Wenn Martin auch noch Grimassen dazu macht, sieht es noch grausiger aus. Schade, daß ihm Elsa heute nicht zusieht. Die kugelt sich immer vor Lachen bei Martins Zahnpasta-Batzerei. Und wenn Elsa neben ihm kreischt und lacht, macht es Martin natürlich noch viel mehr Spaß als allein.

Jetzt kämmt er sich vor dem Spiegel die Haare nach vorn. Sieht das blöd aus! Er streckt sich die Zunge heraus, macht die Augen halb zu. Na, ja. Oder wie wär's mal mit richtig böse schauen?

Oder mit einem schiefen Mund? Martin steht vor
dem Spiegel und probiert eins nach dem anderen
aus. »Wie lange kann ich mich anschauen, ohne
lachen zu müssen?« Kaum hat sich Martin das aus-
gedacht, da muß er schon kichern.
Ein ungeduldiges »Martin!!« fährt dazwischen.
Warum hat's denn die Mutter so eilig?
»Ja, ja! Ich beeil' mich doch schon!« ruft Martin
zurück.
Er schaut sich ernst an im Spiegel. Dann zuckt er
nervös mit der Nase. So wie ein Hase. Das sieht
lustig aus! Martin ist begeistert. Er sollte das
Nasenzucken länger üben. Aber besser nicht
heute!

Er nimmt den Waschlappen vom Haken. Hält ihn unter den Wasserhahn und läßt ihn vollaufen wie einen Sack. Doch so schnell füllt sich ein Waschlappen nicht. Weil das Wasser nach allen Seiten durchsickert. Trotzdem: interessant zuzuschauen!

Warum die Heidi wohl so gern ins Krankenhaus geht? Martin will das nicht aus dem Kopf. Er versteht einfach nicht, warum die Heidi Tag für Tag bei den kranken Kindern arbeitet, ohne Geld zu verdienen! Nur aus Barmherzigkeit. »Ehrenamtlich« hat die Mutter dazu gesagt. Warum die Heidi das macht!

Aber dann hat Martin eine Idee. Vielleicht ist das wie bei dem Grimassenspiel vor dem Spiegel. Wenn man ärgerlich hineinschaut, schaut viel Ärger heraus. Und wenn man barmherzig hineinschaut, schaut viel Barmherzigkeit heraus.

So muß es sein mit Heidis Kindern. Martin ist stolz, daß er's endlich entdeckt hat: Wenn Heidi gut zu den Kindern ist, kommt von ihnen viel Gutes zurück. Wenn sie sie tröstet, kommt viel Trost zu ihr zurück. Und wenn sie mit ihnen lacht, kommt viel Lachen zurück.

An der Stelle mischt sich Mutters Stimme wieder unsanft in Martins Gedanken.

»Wenn du jetzt nicht gleich aus dem Bad herauskommst, Martin, gibt's Ärger!«

Da wischt er sich mit dem Waschlappen schnell über's Gesicht, eigentlich nur rings um die Nase. Zu viel Wasser könnte ihm schaden! Schnell noch mit dem Handtuch drübergerubbelt. Und raus! Ab ins Bett. Daß die Erwachsenen immer so eine Hektik machen müssen! Irgendwann muß man als Kind doch schließlich auch einmal nachdenken können!

»Ich bin schon im Bett«, ruft Martin aus seinem Zimmer. »Und wenn du jetzt nicht gleich kommst, Mama, gibt's noch viel mehr Ärger!«

Martin grinst bis über beide Ohren, als er das sagt. Aber das sieht man nicht. Er hat sich die Decke über den Kopf gezogen.

Ein Schatz auf zwei Beinen

Martin braucht dringend ein Holzkästchen. Und ein Stückchen Stoff möchte er auch haben. Möglichst weich. Samt wär' ihm am liebsten.

»Aber, Martin, wofür denn? Wird das ein Geschenk?« Die Mutter ist sehr neugierig! Aber Martin verrät nichts.

Nein, kein Geschenk, eine Schatzkiste wird das. Außen Holz, innen Samt. Da drin soll sein roter Glitzerstein liegen und die blaue Vogelfeder und die verrostete Kette, die er auf der Wiese gefunden hat. Die Kette ist sicher schon alt. Und was alt ist, das ist auch wertvoll. Ein richtiger Schatz. Und was ein richtiger Schatz ist, der gehört auch vergraben! Am besten im Garten. Zwischen den Wurzeln der Bäume.

Also nimmt Martin den großen Spaten und stochert im Garten herum. Mal hier und mal da. Ganz gelangweilt tut er dabei. Aber er tut nur so, damit niemand merkt, daß er seine Schatzkiste vergräbt. Großes Geheimnis!

Aber dann muß Martin doch irgendwie darüber reden. »Mami«, fragt er, »hast du eigentlich auch einen Schatz?«

Die lacht. »Na klar hab' ich einen Schatz!«

Was! Sie auch? Martin ist sehr überrascht.

»Ist das ein großer Schatz?« will er wissen.

»Ja, schon! Mein Schatz ist einen Meter zehn groß, und er ist sieben Jahre alt und heißt Martin. Und er kriegt jetzt einen dicken Kuß von mir auf die Wange.«

Nein! Martin meint einen richtigen Schatz! Wertvolle Ketten zum Beispiel. So was hat die Mutter bestimmt nicht. Aber er.

»Ach, Martin, ein Schatz muß nicht immer aus Silber und Gold sein. Wenn du die Geschichte von Laurentius und seinem Schatz kennen würdest ...« So fängt die Mutter immer an, wenn sie eine Geschichte erzählen will.

»Von Laurentius jedenfalls sagten die Leute vor langer Zeit, daß er einen Schatz versteckt haben soll in der fernen Stadt Rom.

›Daß ich nicht lache! Der arme Schlucker hat doch keinen Schatz‹, sagten die einen. ›Der geht doch betteln. Bei den Reichen klopft er an. Und was geben die ihm? Mal ein Brot, mal eine Münze, mal ein Stück Stoff. Davon wird keiner reich. Und außerdem schenkt er alles gleich weiter. An die Armen der Stadt. Nein, nein, Laurentius kann nicht reich sein. Der hat keinen Schatz.‹

›Doch, ganz bestimmt!‹ sagten die andern. ›Es heißt, daß es ein großer Schatz ist, den er hütet. Der Schatz der Kirche soll das sein!‹ Aber genau wußte es eigentlich keiner.

Da ließ der Kaiser, der damals herrschte, Laurentius verhaften.

›Man hört, du hast einen Schatz‹, sagte der Kaiser. ›Bring ihn her. Aber dalli! Sonst geht's dir schlecht!‹

Laurentius aber verlangte von ihm drei Tage Zeit.

›Drei Tage brauch' ich, wenn ich den Schatz herbringen soll‹, sagte Laurentius zum Kaiser. ›Der ist nämlich verstreut in allen Gassen und Straßen der Stadt.‹

Und tatsächlich: Drei Tage später kommt Laurentius zurück. Aber er schleppt keine Kisten mit Geld oder Gold, wie der Kaiser gedacht hat. Er bringt arme Leute mit, Kranke, Lahme und Alte. ›Was soll das?‹ schreit der Kaiser. ›Wo hast du den Schatz deiner Kirche?‹

›Diese Menschen hier‹, sagt Laurentius, ›die sind der Schatz. Schau sie dir an. Alle sind arm! Sie haben fast nichts. Aber selig die Armen! Sie sind reich an Tränen. Und wer weint, der ist reich an Lachen und Trost. Viel reicher als du! Und jeder einzelne von ihnen ist ein Schatz.‹

Das wollte der Kaiser natürlich nicht hören. Er war fürchterlich zornig. Und in seinem Zorn ließ er Laurentius töten.«

»Gemein!« sagt Martin. Er denkt nach. »Aber ich bin doch nicht arm«, sagt er dann. Die Mutter versteht nicht sofort. »Ach so! Weil ich gesagt hab', du bist mein Schatz?« Sie lacht.

»Ich hab' dich halt lieb. Du bist mir lieber, mein Schatz, als alles Geld oder Gold!«

Elsa, die bunte Schönheit

Ein Mondgesicht direkt vor Elsas Haustür! Irgend jemand hat ein Mondgesicht dahin gemalt. Ein Mondgesicht mit Stoppelhaaren auf dem Kugelkopf, mit Kulleraugen und mit Haifischmaul. Sieht eigentlich ganz lustig aus. Wenn da nur nicht der Pfeil auf Elsas Haustür wäre. Elsa, das Mondgesicht! Das findet Elsa gar nicht lustig.

Das war nicht irgend jemand. Das war Stefan. Elsa kennt doch Stefans blaue Kreide. Schließlich ist Stefan ihr bester Freund. Mit ihm hat sie schon immer gespielt.

Doch seit ein paar Tagen spielt Stefan nicht mehr mit ihr. Er ist jetzt lieber mit Klaus und mit Rüdi zusammen. Und die sagen, daß sie keine »Weiber« brauchen können. Und daß Elsa abhauen soll. Und Stefan hat das auch gesagt und hat sie Mondgesicht genannt. Stefan, ihr bester Freund!

Elsa spuckt auf dieses Kreide-Mondgesicht und wischt es weg, so gut es geht. Doch dann entdeckt sie noch ein zweites Mondgesicht am Müllhäuschen vom Nachbarhaus. Ein drittes am Hundepinkelbaum. Und noch eins am Garagentor. Immer mit der gleichen blauen Kreide. Wie viele denn noch?

Elsa weiß nicht, was sie tun soll. Auch wenn sie

alle Mondgesichter wegwischen würde – Stefan könnte immer wieder neue malen, wenn er wollte. Dagegen kann sie sich nicht wehren.

Elsa ist traurig. Sie geht heim. Sie will allein sein. Aber Alleinsein ist nicht schön. Bald kommt die Langeweile.

Ob Elsa denn nicht rausgehen mag, fragt die Mutter. »Spiel doch mit Stefan!«

Nein, auf keinen Fall! Mit Stefan spielt sie nicht! Aber sie könnte sich an ihm rächen und vor Stefans Haustür auch ein Mondgesicht hinmalen. Oder vielleicht ein Schwein? Oder ein Monster? Auge um Auge, Zahn um Zahn, Bild um Bild?

Nein, das macht Elsa nicht. Stefan ist doch ihr Freund. Elsa hat was anderes vor: Sie schleppt einen Stuhl von der Küche ins Bad und stellt sich darauf. Jetzt kann sie sich im Spiegel gut sehen.

Von wegen Mondgesicht! Elsa findet, daß sie hübsch ist. Schöne blonde Haare. Lustige Stupsnase. Wache Augen. Keck sieht sie aus. Kein Mondgesicht. Und blau schon gar nicht!

Wo sind denn Mutters Lippenstifte? Der dunkelrote ist besonders schön. Den probiert sie mal aus. Aber es ist gar nicht leicht, die Lippen nachzufahren. Der Mund gerät zu groß. Mit einem schwarzen Stift zieht Elsa dann noch ihre Augenbrauen nach, malt sie breiter und dunkler. Elsa nimmt Rouge und macht sich rote Wangen.

Von wegen: blasses, blaues Mondgesicht. Elsa findet, daß sie wie eine Dame aussieht! Und was sie jetzt tun wird, das weiß sie auch. Sie steigt vom Stuhl. Sie nimmt sich einen nassen Küchenschwamm.

»Wie schaust denn du aus?« sagt erstaunt die Mutter. »Schön!« ruft Elsa – und schon ist sie draußen. Weg mit den Mondgesichtern! Elsa wischt und rubbelt, bis nichts mehr zu sehen ist. Statt dessen malt sich Elsa selbst aufs Straßenpflaster, an den Hundepinkelbaum, ans Müllhäuschen vom Nachbarhaus und ans Garagentor: Elsa mit Kirschmund, mit Stupsnase und mit hundert Sommersprossen. Eine rote Schleife im Haar. Elsa, die bunte Schönheit!

»So«, sagt Elsa, als sie fertig ist. Nur einfach »So!« Dann geht sie heim mit ihren Kreiden, vergnügt und fröhlich wie schon lange nicht mehr.

»Was ist denn los?« fragt gleich die Mutter. »Ist was mit Stefan?« Elsa nickt.

»Und habt ihr wieder Frieden?«

Da nickt Elsa noch einmal und sagt:

»*Ich* mit ihm schon. *Er* mit mir noch nicht.«

Aber sie hat schon einen Plan: Sie wird ihn fragen, ob er eine Brille braucht. Und ob er sie von einem Mondgesicht nicht unterscheiden kann. Und warum er neuerdings zu ihr so blöd ist. Ja, das wird sie tun!

Die Geschichte vom Glücksfelsenhaus, wie sie Heidi erzählt

Heidi ist zu Besuch, und leider ist es schon spät. Elsa steht im Schlafanzug da. Sie will heute von Heidi ins Bett gebracht werden. Richtig mit Huckepacktragen und Ins-Bett-plumpsen-lassen. Und Heidi soll dann noch was erzählen.

»Na gut! Warum nicht?« Heidi setzt sich zu Elsa ins Bett. Martin schlüpft auch noch dazu. Ein Kind

links, ein Kind rechts. Kissen im Rücken und die Decke bis zum Hals. Das Licht bleibt noch an. Es ist richtig gemütlich.

Elsa wünscht sich die Geschichte vom Glücksfelsenhaus. Martin auch. »Aber die kennt ihr doch schon!« Trotzdem! So gut wie die Heidi kann die sonst keiner erzählen.

»Also gut! Wenn ihr wollt!« Heidi gibt nach. Sie erzählt zuerst von einer Ruine:

»Die Mauern sind bröcklig und brüchig. Zwischen den Steinen wächst Gras. Farn macht sich breit. Wo einst das Dach war, klafft nur noch ein riesiges Loch. Darin fängt sich der Wind. ›Ho, ho‹, macht der Wind. ›Ich bin stark.‹ Er stemmt sich gegen die Mauern und rüttelt daran. ›Ich reiß' euch um, wenn ich will.‹

Dann ist es wieder still in dem alten Gemäuer. Unheimlich still. Haben hier Menschen gewohnt? Wo stand das Bett? Wo der Tisch? Es ist alles verlassen. Die Mauern schützen nicht mehr. Kein Herd, keine Wärme. Hier kann man nicht leben.

Menschen kommen vorbei an dieser Ruine. Zwanzig, dreißig vielleicht. Und einer von ihnen ist Jesus. Er geht in Gedanken.

›Halt!‹ sagt er plötzlich.

›Kommt alle her! Schaut euch das an! Eine Einsturzruine. Lang steht die nicht mehr. Da war einer so dumm und hat sein Haus nicht auf Felsen gebaut, sondern auf Sand. Das kann ja nicht halten. Beim nächsten Unwetter steigt der Fluß über die Ufer und reißt alles weg: Erde, Sand, Steine und Mauern. Nichts mehr bleibt stehen.‹

›Und jetzt hört:
Genau so ist es mit euch!
Wer nicht glauben will, was ich sage,
und nicht danach handelt,
der gleicht dieser Einsturzruine.
Der steht auf Sand.
Der bricht zusammen, wenn ein Unwetter kommt.
Wer mir aber glaubt
und nach diesem Glauben handelt,
der gleicht einem Glücksfelsenhaus.
Der steht fest.
Der bleibt heil, wenn die Unwetter kommen.
Wenn die Stürme ihn schütteln.
Wer mich hört, der soll wählen!
Einsturzruine oder Glücksfelsenhaus,
was willst du sein?‹

Jesus sagt das, dreht sich um und geht weiter.
›So wie dieser Jesus hat noch keiner mit uns ge-
sprochen‹, sagen die Leute. ›Da sieht man ja richtige Bilder im Kopf, wenn er spricht. Ein Glücksfelsenhaus! Ja, das kann man sich vorstellen.‹
›Aber, was sollen wir tun? Was sollen wir glauben?‹ so fragen sie auch.

›Was ihr tun sollt?‹ sagt Jesus.
›Ganz einfach:
Vertraut auf Gott!

Er meint es gut.
Egal, ob es euch gut geht oder
ob es euch schlecht geht:
Er ist wie ein Vater.
Vertraut ihm! Und seid gut zueinander.
Ich habe euch so oft gezeigt, wie das geht.
Probiert's! Fragt nicht lang!«

»So wie du mit deinen Piepskindern!« sagt Martin zu Heidi.
»So wie du mit deinem blauen Taschenmesser!« sagt Heidi zu ihm.
»So wie der Brückenmann mit seinem Freundschaftsschiff«, sagt Elsa.
»Welcher Brückenmann?« will Heidi wissen. »Den kenn' ich nicht. Von dem mußt du mir mal erzählen! Aber heute nicht mehr! Gute Nacht!«
Morgen wird Elsa das Glücksfelsenhaus malen. Sie wird es der Heidi schenken.

So schwer ist die Bergpredigt nicht zu verstehen

Ein Nachwort

Noch kennen Martin und Elsa die Bergpredigt nicht. Sie ist ja auch nicht als Kindergeschichte entstanden. Sie gehört zur Weltliteratur. Es hat mich dennoch oft gereizt, den beiden von der Bergpredigt zu erzählen. Aber wo anfangen?
So, wie Heidi beginnt bei ihrer Geschichte vom Glücksfelsenhaus? Bei einem Jesus, der mit seinen Freunden durchs Land wandert, gelegentlich anhält und ihnen seine Gedanken hinwirft?

Eine Sammlung

Ich stelle mir vor, daß Jesus am Feldrand steht mit seinen Freunden: »Schaut euch die Bäume hier an, neben dem Weg. Der eine trägt Frucht. Der andere nicht. Der gleiche Standort, die gleiche Pflege. Es liegt am Baum, ob er Frucht bringt. Weg damit, wenn er nicht Frucht tragen will. So ist es auch mit euch. Denkt darüber nach!«
Dann wieder ist er bei einem Stadttor eingekeilt zwischen Menschen, wird vorwärtsgeschwemmt mit der Masse. Vielleicht kommt ihm dabei das Wort von dem breiten Weg in den Sinn. »Die Pfor-

111

te ist weit, und der Weg ist breit, die ins Verderben führen. Viele gehen darauf. Eine Massenbewegung. Der Weg zu erfülltem Leben ist schmal. Und die Pforte ist eng, die zum Leben führt. Laßt euch nicht treiben in der Menge, sucht einen eigenen Weg!«

Vielleicht hat er sich unter sternklarem Himmel mit Fragen beschäftigt, wie auch Elsa sie kennt. Mit der Frage nach dem Woher und Wohin und der Frage nach Gott. Und dann plötzlich die Idee: »Schaut euch die Stadt an auf dem Hügel da drüben. Die Stadt, die auf dem Berg liegt, bleibt nicht verborgen. Ihr Licht leuchtet weit. Jeder sieht es. So sollt auch ihr sein: Menschen mit Ausstrahlung. Ihr seid das Licht der Welt. Versteckt euch nicht. Man muß euch sehen. Stellt euer Licht nicht unter den Scheffel.« Gemeint ist hier mit »Scheffel« ein Faß.

So stelle ich mir vor, daß die Bergpredigt entstand. Das war keine Predigt von einer Kanzel herunter. Sie wurde nie und nimmer als eine zusammenhängende Rede gehalten. Dafür ist sie zu lang. Und es steckt zu viel drin: die Seligpreisungen, das Vaterunser, die Reden über ein unerschütterliches Gottvertrauen und wie sich das ganz konkret im Leben auswirken soll. Ich denke, Matthäus hat in seiner Bergpredigt gesammelt, was Jesus mal hier und mal dort ausgestreut hat –

als seine grundlegenden Gedanken. Die Bergpredigt, das ist »Jesus, kurz gefaßt«.

Der Schauplatz

Und doch heißen diese drei Kapitel der Bibel,
Matthäus 5 bis 7, die »Bergpredigt«. Das will Matthäus selbst schon so. Er hat als Schauplatz einen
steinigen Berghang vor Augen. Menschen lagern
auf einem grasbewachsenen Fleck. Hunderte,
Tausende. Jesus redet lange zu ihnen. Es ist heiß.
Sie sind hungrig. »Was haben wir zu essen für
sie?« – »Ein paar Brote und Fische. So gut wie
nichts.« Und Jesus nimmt diese paar Brote, spricht
das Dankgebet, verteilt die Brotbrocken, und
überraschenderweise werden alle satt. Kein
Mensch weiß, warum. Sicher nicht durch irgend-
einen Zauber.
Ich kann mir's nur so denken, daß plötzlich die
Angst weg war, selbst zu kurz zu kommen. Plötzlich war der Funke übergesprungen, und man
konnte den eigenen Proviant unterm Rock her-
vorholen, den Proviant, den man vorher gut versteckt hatte. Plötzlich konnte man teilen. Jesus hat
damit angefangen, und aus Fremden sind Freunde geworden, ein geschwisterliches Volk.
Zu diesen Menschen spricht Jesus. Ihnen gilt
seine »Bergpredigt«. Ihnen gilt sein Glückwunsch:

Die Seligpreisungen

Selig die Menschen, die sich oft selbst nicht zu helfen wissen, sich aber von Gott alles erwarten. Die Menschen, die Leid tragen. Die Sanften. Die Friedensstifter. Die Barmherzigen, die nach einem gerechten Ausgleich hungern zwischen Starken und Schwachen. Jesus vertröstet seine Zuhörer nicht. Und es ist auch keine neue Last, die er ihnen zu tragen empfiehlt. Eher eine Entlastung: »Mein Glückwunsch! Ihr werdet glücklich! Ihr werdet schon sehen!« Martin und Elsa entdecken das auch Stück um Stück.

Das Vaterunser

»Selig die Menschen, die sich von Gott alles erwarten«, hat Jesus gesagt. Für sie formuliert er ein Gebet. *Sein* Gebet: das Vaterunser.
Ob Elsa und Martin das Vaterunser schon auswendig können – mit fünf und sieben –, weiß ich nicht. Ich habe sie nicht danach gefragt. Aber ich bin sicher, daß ihnen die Sehnsucht vertraut ist. Die Sehnsucht, daß Vater und Mutter Verständnis haben, tiefes Verständnis: »Papa, trag mich, wenn ich nicht mehr kann. Papa, sei gut zu mir. Bitte gib mir, was ich brauche. Trag mir Fehler nicht nach. Papa, schütze mich!«

Das sind die wichtigsten Sorgen im Leben. Und diese elementaren, dringlichen Bitten hat Jesus in seinem Vaterunser Gott ans Herz gelegt. Es sind die Bitten von Menschen, die Gott vertrauen. So wie einem Vater und einer Mutter.

Das geht ohne viel Geplapper. Kein öffentlicher Auftritt ist nötig. »Mach nicht viel Worte. Schließ die Tür zu, und bete zu deinem Vater, der im Verborgenen ist.« Bei seinem »Regengebet« hat Martin sogar noch weniger Worte benötigt.

Ob Beten was nützt, hat Elsa gefragt. Ja, es nützt, sagt die Mutter. Nicht wie ein Zauber. Nicht automatenhaft. Wer betet, verändert sich selbst, hat sie erklärt. »Und Gott weiß, was du brauchst.«

Diese Erklärungen finde ich schön. Kinder brauchen sie dringend.

Die Sorge und die Barmherzigkeit

Genauso braucht Elsa auch eine Erklärung, warum die Ura so »komisch« ist. Denn es ist nicht immer das reine Vergnügen für sie, wenn sie die Ura besucht. In ein paar Jahren wird sie sich fragen: »Was hab' ich davon?« Und die Besuche werden seltener werden. Pflichtbesuche vielleicht. Verständlich!

Möglich, daß ich zu schwarz sehe, und Elsa und Martin erhalten sich ihre Barmherzigkeit. Martin hat ja zum Glück schon entdeckt, daß niemand, der barmherzig ist, dabei ärmer wird. Und Elsa weiß, daß es Schätze gibt, die nicht vergehen.

Wenn sie nur verstehen, daß Gott nicht wie eine Krämerseele nachrechnet, ob man auch alles richtig gemacht hat, sondern daß bei ihm die Barmherzigkeit zählt. Sein Maßstab ist, wieviel man sich um andere gesorgt hat.

Ich habe erzählt, wie Elsa sich um die alte Kathi in ihrer Nachbarschaft sorgt, die Bäuerin mit dem müden Rücken. Auch wenn Kathi das nicht will. Aber warum soll sich Elsa nicht um sie kümmern und sorgen? Ich finde das gut. Ist ja auch ein Stück Barmherzigkeit.

Das Richtige tun

Von dem, was gut ist, spricht Jesus in seiner Bergpredigt auch. Nämlich von den Geboten. Was man tun soll und lassen, das liegt fest: nicht töten, nicht ehebrechen, nicht schwören, den Nächsten lieben, na klar doch. Und Jesus stellt ausdrücklich fest, er sei nicht gekommen, für falsch zu erklären, was vor seiner Zeit richtig war. Was einen guten Menschen ausmacht, das soll weiter gelten. Ganz eindeutig! Jesus spitzt die Gebote sogar noch zu: »Auch Worte können töten«, sagt er. »Auch in der Fantasie bricht man die Treue. Ich aber sage euch: Wenn dich jemand auf die eine Backe schlägt, dem halte die andere auch hin.« Wer kann das schon? Martin kann's. Was er mit seinem Messer erlebt hat, finde ich toll. Er hat an der Freundschaft zu Andi Mittermeier festgehalten. Und das ist es – glaube ich –, was Jesus in seiner Bergpredigt als neuen Maßstab empfiehlt: an der Freundschaft festhalten, Feindbilder abbauen, würde man heute sagen. Projektionen zurücknehmen. Den Balken im eigenen Auge wahrnehmen, der den Blick versperrt auf den Splitter im Auge des andern.

Die kommende Welt

Was ich von Martin und Elsa erzählt habe, berührt die Themen der Bergpredigt oft. Das wird den beiden erst später auffallen, in ein paar Jahren vielleicht, wenn sie die paar Seiten im Matthäus-Evangelium nachlesen. Vielleicht geht es ihnen dann so wie mir: Die Bergpredigt läßt mich nicht mehr los. Denn sie ist der Traum von einer kommenden Welt. Mehr als ein Traum. Die Bergpredigt weckt Hoffnung, die jeder Mensch braucht. Weil niemand von Brot allein lebt. Und das hat auch schon Martin entdeckt.

Verzeichnis der Bibelstellen

Dreiunddreißig Geschichten aus der Welt der Kinder erzählt
dieses Buch. Geschichten voller Zuneigung. Sie erzählen von
Kindern, ihrer Angst, ihrer Sehnsucht. Und sie erzählen vom
Zauber der Feste rings ums Kirchenjahr. Um religiöse Grund-
erfahrungen kreisen sie alle. Es sind offene Geschichten, die
zum Nachdenken über das eigene Leben anregen. Geschichten
für Kinder und ihre Eltern, für ihre Erzieher/innen im Kindergarten und in der Grundschule.

Peter Morgenroth/Volker Butenschön
Willst du mein Freund sein?
Geschichten um das Kirchenjahr
144 Seiten, Format 14,5 x 22 cm, Pappband
ISBN 3-491-79458-7
Für Kinder ab 4 Jahren.